双葉文庫

たった、それだけ

宮下奈都

目次

第一話　5
第二話　33
第三話　63

第四話　91
第五話　129
第六話　169
解説　大矢博子　206

第一話

人を傷つけたことのない人なんていないと思うけど。

蒼井《あおい》さんが言い出したとき、何の話を始めたのかわからなかった。ひとりごとにしては大きめの声で、だけど誰に向かって話しているのかもわからず、会議室でお昼を食べていた私たちはなんとなく顔を上げて彼女を見た。

「誰だって一度は人を傷つけてる。たぶん、自分で思ってるよりも深く」

何かの台詞だろうか。そういえば、どこかの劇団に所属している女優だと言われても納得しそうな、独特の雰囲気と存在感を蒼井さんは持っていた。

空いた会議室に女性社員が十数名。少し離れたところの人には聞こえていないらしい。封切りになったばかりの邦画の話をしている。その向こうの何人かはテレビでお昼のバラエティ番組を観ている。蒼井さんを見ているのは私を含めた数人だった。

「でも、普通は致命傷までは負わさない」

蒼井さんは視線を上げずに、長い黒髪を右手でかき上げた。

「蒼井さん、どうかしたの」

吉野《よしの》さんが笑顔で尋ねるのを、私はランチボックスのプラスチックの蓋を閉めながら聞いた。

「自分がいつ誰をどれだけ傷つけたか、客観的なグラフにでもできればいいのにね」

ただならぬ声だった。

「ちょっと、何言ってるのよ、蒼井さん」

吉野さんの声が弱々しくなる。

「案外自分の思ってるグラフとは、ずれるんじゃないかな」

蒼井さんは話をやめなかった。吉野さんは口を噤《つぐ》み、映画の話をしていた人たちも黙ってこちらを振り返っていた。

「ものすごい数値の出たグラフを、あたしは突きつけてやりたい。そうしたらさすがにショックを受けて、もうのうのうとは生きていられなくなるだろうから」

蒼井さんの目は今ははっきりと私を見ていた。その視線を追って、何人かの目が私にたどり着くのを感じる。

不意に、華奢な向日葵《ひまわり》が音も立てずに目の前で開いた。鮮やかな黄色、向こうにどこまでも青い空、蝉の声。

――加納《かのう》くん。空がまぶしくて、陰になった顔の表情は見えない。でも、きっと穏やかに笑っている。いつもそうだったように。

「なんとか言ったらどう？」

蒼井さんの声が耳に遅れて届く。

もうのうのうとは生きていられなくなるだろうから。――物騒な話だった。でも、蒼井さんの言う通りかもしれない。私はもうのうのうとは生きていけないだろう。

加納くんを思い出したのは、偶然ではないのだと思う。

中学の同級生だった。口数は少ないけれど、穏やかで、思い出すのはいつも笑顔だ。一度、学校の外で黄色いTシャツを着ているのを見た。その印象なのか、いつも笑顔だったからか、加納くんと向日葵が重なる。あるいは、あれが夏だったせいか。

「望月《もちづき》さんのこと、知ってるでしょう」

蒼井さんが言い、

「海外営業部の望月部長のこと？」

誰かが無邪気に聞き返して、それから何事かに気づいたように押し黙った。

「密告者がいるのよ」

「え、密告者って、なに、なんの話？」

また誰かが怪訝そうな声で聞く。

「贈賄の話。知らないの？」

心臓の鳴る音が聞こえそうだった。やはりその話か。できるだけ表情を変えないように気をつけて、ぬるくなったお茶を飲む。

「あ、そういえば望月さんなら欠勤してるとは聞いたけど」

何人かが顔を見合わせている。

「うちの会社、大がかりな贈賄の容疑がかかってるのよ。その実行者が望月さんってことになってる。もちろん、ほんとうはもっと上が絡んでたに決まってるけど。たぶんこのまま望月さんが罪を被らされるでしょうね」

テレビの前の人たちもいつのまにかこちらを見ていた。

加納くんは団地の屋上から飛んだ。十四歳だった。夏休みの最中に緊急集会が開かれ、私たちは蒸し暑い体育館でそれを聞いた。何人かの女の子が泣いていた。声を上げて泣いている男子もいた。私は泣けなかった。意味がわからない。加納くんは笑っていた。飛ぶわけがない。

「信じられない。望月さんってあんなにいい人そうだったのに、不正してたってこと?」

くぐもった声で誰かがつぶやいた。

みんな、それぞれにおかしな表情をしている。驚いたような、困ったような、おもしろそうな、迷惑そうな、興味深そうな。自分が今どんな顔をしているのかも知らないで、きっとみんな、人のよさそうな望月さんの笑顔を思い出している。

あのときも、そうだった。中学二年の夏休みだ。緊急集会で泣いていたたくさんの子たちが、次に会ったときにはもう、別の顔をしていた。つらそうに声をひそめ、加納くんの話をする。普段はあまり喋らない子まで加納くんの話をしていた。目がいきいきしていた。

「大がかりな贈賄って、どういうこと」

吉野さんが低い声で聞く。

「うちの会社、やばくない？」

「やばいかも」

みんな興奮気味に話し出した。

「あたしがゆるせないのは」

ひときわ大きな声で蒼井さんが言った。

「密告者よ。望月さんの人生を台無しにした」

「ちょっと、蒼井さん、贈賄の話が本当だとして、社内の人間が密告したと思ってるの？」

ひとりだけ年配の菅原《すがわら》さんがたしなめるように言った。たしなめるべきはそこではないと思ったが、ではどこなのかと問われれば答えられない。何かがずれている。菅原さんも、蒼井さんもだ。密告者が望月さんの人生を台無しにしたのではない。密告されて台無しになるような人生は、すでにどこかの時点で詰んでいる。

「望月さんって、どうなっちゃうのかな」

「逮捕されるんじゃない？　それで欠勤してるのかも」

「えー、なんかがっかりした。望月さんに」

たくさんの人が一斉に喋り始めて、耳鳴りがした。耳の奥に綿が詰まったような感覚だった。

嫌でも加納くんを思い出す。あのときも、聞きたくないのにいろんな話が耳に入った。夏休みに入って間もなくの頃に彼がうつむいて駅のベンチにいたのを見た、という子が現れた。顔を腫らしていたらしい。複数の上級生からいじめを受けていたようだという話だった。

家庭内暴力で父親から日常的に殴られていたという噂も出た。事実かどうかはわからない。わからないままうやむやになった。

情報は新しければ新しいほど注目を集めた。夏休み初日よりも、二日目、一週間目、中盤に近づけば近づくほど、重大な証言として扱われた。加納くんの死に近ければ近いほど価値が上がるゲームみたいだった。

いかに自分が加納くんのことを知っていたかを話すとき、ほんとうは何も知らなかったのだと言っているのと同じだった。自分こそが彼の死を悼む権利があるのだと言うように胸を張るとき、ほんとうには彼の死から目を背けている。加納くんは、飛ぶ前に誰にも知らせなかった。

「虫も殺さないような顔して」

蒼井さんはまわりの言葉など耳に入らない様子で、声を昂らせた。

「なんとか言いなさいよ」

まわりの人たちもようやく蒼井さんが誰に向かって言っているのか気づいたように目配せをし合っている。

「蒼井さん、落ち着いて、蒼井さん」

菅原さんが蒼井さんの肩に手を置くが、蒼井さんが立ち上がると気後れした様子で退いてしまった。

「あんたなんか」

こちらを見据えたまま、蒼井さんの手がテーブルの上の携帯を摑む。

「あんたなんか……！」

携帯が空を切って飛んだ。とっさに避《よ》けたけれど、白い携帯は私の右肩に当たって床に落ちた。

「ちょっと！」

「蒼井さん！」

「夏目《なつめ》さん、だいじょうぶ？」

場が騒然となった。誰かが立ち上がった拍子に椅子が倒れる。蒼井さんのきれいな顔が能面のようにピシッと引き攣《つ》っているのを、他人事《ひとごと》のように見る。贈賄よりも、密告よりも、目の前で携帯を投げつける人のほうがおもしろいだろう。一週間前までの私でも、お昼休みの会議室でこんな場面に遭遇したら、固唾をのんで見守ったと思う。今この場に居合わせたこと、同僚の蒼井さんのこと、私のこと、それに望月さんのことも、いろんな口から何食わぬ顔で語られていくのだろう。

あの夏、たくさんの同級生たちが加納くんのことを話した。加納くんの通っていた塾の講師が匿名で週刊誌の取材を受け、それが大きく掲載された。加納くんが泣きながら電話をかけてきた、というものだ。彼は証言した。悩んでいたようだった、と。コンビニで買った週刊誌を自分の部屋で途中まで読んで、ごみ箱へ捨てた。ごみ箱の中にそれがあることとさえも耐えられなく感じられて、紙袋に入れて家の外のごみ集積所に捨て直した。

その足で、加納くんが飛んだという団地へ行った。普通に人が住んでいて、普通に自転車が停めてあった。エレベーターで屋上へ上ってみた。鍵がかけられているだろうと予想していた鉄のドアは、思いがけずノブがまわった。重いドアを押して外へ出ると、すでに立ち入り禁止のロープも張られておらず、ところどころ錆びついた灰色の手摺りがあるだけの、狭い屋上だった。ぐるりと見まわしても、特別な場所には見えなかった。でも、この場所に、彼はたしかに立ったのだ。どんな気持ちで、とは考えない。彼が何を見、何を思い、何を考えてここへ至ったのか、私は考えることを拒んだ。正確に言うなら、彼に拒まれていた。さっき通ってきた鉄のドアよりもっと硬くて重い扉に隔てられ、拒絶されていた。

手摺りの近くまで進んでみる。この、色のはげた手摺りのどこに彼は手をかけたのか。指で触れると、昼間の太陽に灼かれて熱くなっていた。ニュースの事件現場に見るようなテープもチョークの跡もなければ、花束もない。彼の足が乗り越えた部分を、私は見つけることができない。

泣いていた、と塾の講師は話したという。胸の奥からぐるぐると怒りと吐き気がこみ上げる。最も漏らしてはいけないひとことだった。どうして、何を、今さら。泣いていたときに何もできなかったのなら、口を閉ざせ。いつも笑っていた彼を、傷つけ直すな。

そのときに開けて通らなかったのに、鍵が壊れた後にどかどかと入ってきて踏み荒らしていく人たちを、私は激しく憎んだ。憎みながら、それを見ているしかなかった。私も、彼が生きている間に通らなかったのだから。開け放たれた扉の外に、彼はすでにいない。彼の死を語るな。彼の生を断じるな。そのときに何も聞かず、何にも触れなかったのなら。

私は泣けなかった。風の強い屋上で手摺りから向こうを見ながら、やり場のない憤りで身体じゅうがいっぱいだった。加納くんのことなど何も知らなかった。何も見ていなかったし、聞いていなかった。何もできなかった。同じクラスにいたのに、あのときスーパーですれ違ったのに。

　笑っていたけれどほんとうはつらかったのではないか。苦しんでいたのに誰にも助けを求めることができなかったのではないか。そんなことを考えてはいけない。もしかしたら私にも加納くんのために何かしてあげられることがあったのではないか、せめて気づいてあげられれば死なずに済んだのではないか。そう思いそうになる自分を突き飛ばしたくなる。何もしなかったくせに、今になって悔やむ、安全なところで涙を流す、そういう自分に吐き気がした。

　記憶の中の加納くんは、顔を腫らしてもいないし、泣いてもいない。黄色いTシャツを着て、穏やかに笑っている。このままの姿で記憶に留めるのだ、と固く胸に誓った。

「夏目さん」

　鋭い声で呼ばれて我に返る。

「夏目さん、悪いけど、蒼井さんが落ち着くまで席を外してくれる?」

　菅原さんだった。蒼井さんの身体を押さえている。

　右肩が痛い。足下に白い携帯が転がっている。思いっきり投げたのだろう。その度の失い方はたいしたものだ。同僚たちが見ている目の前で憎い女に物をぶつけることができて、少しはすっきりしたかもしれない。

　今ここでこの会議室を出ていくことが、私のためになるとは思えなかった。蒼井さんか、私。どちらかがこの部屋を出ていって、それでおしまい。もう、ここへは戻れないのではないか。それでいいのか。いいような気もするし、いけないとも思う。こんなことでひるむようなら最初から何もしないほうがましだった。

席を立つ。食べ終えたランチボックスと、ハンカチと財布を持って、黙ってドアへ向かう。携帯、ぶつけられ損だな、と思う。一瞬迷ったけれど、足下に落ちていた白い携帯は踏まずに蹴飛ばして壁にぶつけるだけにしておいた。

「なにするのよ！」

取り押さえられたまま蒼井さんが叫ぶ。

「早く行って」

菅原さんの声が高くなる。

会議室を出て、後ろ手にドアを閉める。

これで、終わりだろうか？

蒼井さんと望月さんはつきあっていたのだろう。過去の話なのか、現在も続いていたのか、よくはわからない。こんな狭い職場で複数の女性と関係を持つというのは、どう考えても異常だ。あの人には――望月さんにはどこか異常なところがあったのだと思う。

職場でいつも窮屈そうにしていた私を気遣って、それとなく声をかけてくれた。細面でやさしい顔立ちをしていた。四十を過ぎているのに、高校生の頃の姿を簡単に想像できてしまうような少年っぽさが残っていた。人がよくて、やさしくて、だけど気が弱くて流されてしまう。プレッシャーに耐えられず、かといって逃げ出せもせず、妻子があるのに同じ職場の複数の女性と親しくなる。まじめで、几帳面で、羽目が外せない。不まじめで、だらしなくて、自堕落。きっとどちらも彼で、どちらも彼ではない。

わかっていた。望月さんが会社でとても苦しんでいること。私のところにひととき逃避しているだけだということ。これまでにも逃避を繰り返してきただろうこと。他にも私のような存在がいるだろうこと。そして、帰ること。私のところに来ても、夜のうちに必ず家に帰った。逃避だから。束の間、現実を忘れられればそれでいいのだから。現実逃避からはいつか戻らなくちゃいけない。浮遊していたはずが、足を摑まれ現実に引きずり下ろされる。わかっていても、どうしようもなかった。やさしい彼の弱さを知っているのは私だけ、それを救えるのは私だけ。でも、そう思っているのが私だけではないことも私にはわかっていたのだ。

空のランチボックスと財布とハンカチを裸で持ったまま、ホールへ出る。ひとりになれる場所を探して、エレベーターに乗る。昼休みのエレベーターはとても混んでいる。混んでいるのに誰も話さない四角くて明るい箱の中で、私はひとりだった。上の階に着いて、ピポンと鳴る。ドアが開いて人が降りる。さらに上の階に着いて、ドアが開く。人が降りて、人が乗る。上に行く。下に行く。私はひとりで考える。

これで、終わりだろうか？　——違う。終わりにしてはいけない。

「どうしたの」

聞けばよかった。おかしいと思ったときに、聞きわけのいいふりをしないで、聞けばよかった。相手のことを尊重しているように見せて、ほんとうは自分を守っていた。踏み込んで拒絶されるのを恐れていた。どうせ何もできないのだと決めてかかってしまえば楽だった。

「どうしたの」

そう聞いてくれたのは、望月さんのほうだ。やわらかい、落ち着いた声だった。

仕事がうまくいかなくて、陰口だらけの職場の人間関係にも疲れて、何もかも嫌になっていたときだった。遅くまで残業していたフロアに、望月さんがいた。デスクを通りかかったときにさりげなくかけられたそのひとことで、疲労も、落胆も、嫌気も、焦りも、ごちゃ混ぜになって私の中を駆けめぐった。すぐに返事をすることができなかった。

「なんでも、ないです」

そう答えたら涙がこぼれた。胸がひくひくした。この人に話を聞いてもらいたい、と思った。

望月さんはやさしい。話にならない話を黙って聞いてくれた。ずいぶん年上なのに、偉そうなところがまったくなかった。説教をするどころか、自分の意見を押しつけるようなこともない。そんな人は初めてだった。一度だけ、では済まなくなった。ずっと話を聞いていてほしかった。そばにいてくれるだけでもよかった。

そうだ、先に逃避したのは望月さんではない。私だった。私が望月さんを望んだのだ。エレベーターが上がっていく。十四階、十五階、十六階。ドアが開いて、人が降りる。私は小さな箱の隅に立って、ただひとりぼっちだ。

望月さんがときどき部屋に来てくれるようになって、私たちは求め合っていたのだと感じた。ひとりではいられない人だった。望月さんは脆い。軟らかい。薄い。するりとこちらの懐に入り込んでくるのに十分な薄さだった。

特別に高級そうなものを身につけるわけではなかったが、シャツやネクタイは手ざわりのいいものばかりだった。髪は伸びる前にこまめに切りに行っていたし、きちんとアイロンのかけられたハンカチを持っていた。

通勤用の黒い革の鞄も大事にしていた。たとえば私の部屋に来たときにはフローリングの床にそっと置く。ものを乱雑に扱うことのない人だった。すべてのものに対して気を遣う。だから、気が抜けない。私のところに来ているときくらい、気をゆるしてくれればいい。ほとんど祈るような気持ちで願っていたにもかかわらず、私はそんな素振りを見せなかった。彼に接するときは無愛想なほどだったと思う。気をゆるしてもらいたがっているなどと微塵も思わせたくなかった。

常に持ち歩いている黒い鞄の中にタブレットが入っていて、それをとりわけ大事に扱っていることにも気づいていた。精密機器だからというわけでもなさそうだった。スマホのほうにはカバーもつけられていないのに、タブレットには大仰なカバーが掛かっていた。特別な人からのプレゼントだろうか、と想像したが口には出さなかった。私の部屋で取り出すことは滅多になかったから、特には気にすることもなかった。

でも、ごくたまに開けることがあると、画面を見ている様子の不自然さが気になった。短い時間で画面が暗くなり、再度パスワードを入れないとログインできないようになっている。たぶん、見られたくない画像でも保存してあるのだろうと思った。それ以上のことは考えないよう、私も自分にロックをかけていた。

五日前のことだ。

私はベッドの上でヨガをやっていて、少し離れたローテーブルで彼はタブレットを開いていた。部署の歓送迎会のあった夜だった。私たちは二次会に参加せずに別々に帰り、私の部屋で落ち合った。桜の花がきれいに散った後の、気持ちのいい夜だった。少しお酒が入って、彼は機嫌がいいように見えた。いつもは堅く締まっているネジがいくらか緩んでいたのだろう。私の部屋に来る途中のコンビニでハーゲンダッツのバーを十個も買ってきた。それをひとつずつ食べてから、私たちは抱き合った。

でも、すぐに、彼が身体を離した。

「ごめん」

望月さんが謝る。

「できないみたいだ」

「ううん、ぜんぜん」

ぜんぜんかまわない。謝るようなことじゃない。だけど、望月さんはもう一度謝った。

「ごめん」

そのときに、何か変だな、と思った。思ったけれど、黙っていた。違和感みたいなものは形にもならない小さなものだった。

「櫛田《くしだ》さん、よかったね」

望月さんの気を紛らわせてあげたくて、私は、その夜の歓送迎会で結婚することがわかった隣の課の三十代の社員の名前を出した。かわいいと評判だった取引先の女性社員と結婚するのだという。望月さんはすぐには返事をしなかった。顔を覗き込んでいるのに気がついて、慌てて、

「ああ、よかったなあ」

笑顔をつくったけれど、やっぱり何かおかしかった。疲れているのかなと思った。それで、聞くのをやめたのだ。

――どうしたの？　何かあったの？

望月さんはしばらくベッドで仰向けに寝ていたけれど、ふと身体を起こした。

「少しだけ、仕事していいかな」

私も身を起こしてうなずいた。

望月さんが仕事をしているのを見るのは好きだった。仕事をしている望月さんは、頑丈そうに見えた。それ以外のときは、なんというか、ずっと年上の弟を見るような気持ちになった。

私が見ているとやりにくいかもしれない。そう思ったのもある。ベッドの上でストレッチをすることにした。ストレッチはほぼ日課のようなものだったし、少し身体を持て余してもいたのだ。

無言でストレッチをしながら、目の端で望月さんが黒い鞄からタブレットを取り出すのを見た。そこに望月さんがいるだけで、気持ちは満たされていた。

何かおかしなものが聞こえた気がした。耳だけに意識を集中させる。

あろうことか、彼は単語を口にしながらパスワードを入力していた。

Teardrops for me. 彼はそうつぶやいた。つぶやきながらキーボードを叩き、Enterキーを押した。画面が明るくなって、ファイルが開いたのがわかった。

ベッドの上でネコのポーズを取りながら、私はうっすらと怒りを感じていた。

Teardrops for me. お涙頂戴。たしかにそう聞こえた。二十近くも下の、さして仕事に興味のあるふうもない、今はヨガのポーズに集中しているらしい私に油断したのだろう。あるいは、私を見くびっていたのだろうか。あるいは——気をゆるしていた、ということだろうか。気をゆるしてほしいとあんなに願ったのに、いざそうなってみると、彼のまぬけなふるまいが腹立たしかった。

あの晩の私が、Teardrops for me をどうしてとっさにお涙頂戴などと脳内で訳してしまったのか不明だ。for you ではなく for me だったところに自己憐憫を感じたのだったか。涙なんていくら集めてもここから出られない。この窮屈で息のしにくい場から自由になることはできない。

そのときだった。

加納くん。

何の前触れもなく、加納くんの顔が浮かんだ。加納くんは笑っていなかった。ずっと笑顔のままで記憶していたつもりだったけれど、記憶の表面張力を破って突き上げようとする思いがある。何かできたんじゃないか。穏やかな笑顔の下の涙を、そっと拭いてあげることぐらいはできたんじゃないか。加納くんが泣いていたことを、それを見逃してしまった罪を、私は認めなければいけなかった。

加納くんと、梅雨の頃にスーパーで会った。カゴも持たずにひとりで棚の間を歩いていた。楽しそうには見えなかった。ずいぶんぼんやりしている、と思った。もう少し正直に言うなら、目が虚ろだった。加納くんは、カートを押す私に気がつくと、はっとしたようだった。急いで少し笑った。それから何か言おうとして口を開きかけて、噤んだ。表情は、虚ろよりもっと暗く翳《かげ》ったのがはっきりわかった。

「どうしたの」

たった、それだけ。それだけのことが、どうして言えなかったんだろう。

夏休みまでにはまだ間があった。あれが加納くんとのすべてだった。加納くんが私に出した、たった一度のパスだった。その後、夏休みに入ってからも加納くんは幾人かにパスを出し、それらはひとつもゴールにつながることはなかった。あのとき、声をかければよかった。声をかけなければいけなかったのだ。

望月さんがタブレットを鞄にしまい、シャワーを浴びに行ったところで、急いでベッドから下りた。彼の鞄を初めて開ける。中はきれいに整頓されていた。薄いタブレットを手に取って、膝の上で電源を入れる。

Teardropsforme

打ち込むと、画面が開いた。それで満足したはずだった。あなたのパスワード、わかっちゃった。もちろんそんなことを言うはずもない。ただパスワードがほんとうに合っていたことに気味の悪さを感じた。

開いた画面には、ひとつしかフォルダがなかった。耳を澄ました。シャワーの音はまだ派手に聞こえている。思い切ってフォルダをクリックした。ひと目で極秘の資料だとわかる文書が入っていた。

よくない噂を耳にしたことはあった。うちの会社が途上国で次々に受注を取れる理由。

——贈賄。聞かないふりをしてきた。真偽もわからない。でも、海外営業部の部長は望月さんだ。途上国ではよくある話だと何かで読んで自分をなんとか安心させた。

夢中でファイルを次々に開く。国の名前、公人らしき名前を見、あってはならない送金を見、口座名義を見た。たぶん架空だろう仲介会社の社名と担当者名を確かめ、自分の携帯にメモを取ってすぐにファイルを閉じた。電源を切り、元通りに鞄にしまう。乱暴に服を脱ぎ、水音の続いている浴室へ向かった。

浴室のドアを開けると、望月さんが驚いた顔をした。そうなのだ、この人は驚きがちなのだ。すぐに驚いて、いちいちそれを隠して、やさしい微笑を浮かべ、私に逃避し、そのうちに私からも逃避し、どんどん追い詰められていく小動物。贈賄の差配なんてできるわけがない。

この人はシャワーを浴びても、石鹼もシャンプーも使わない。香りが残るからだ。小心なくせに、大事なパスワードを無意識につぶやいてしまう。汚い仕事をやらされて、断り切れずに引き受けてしまう。いったいいつから。人よりも早く部長になってからか。それとも引き受ける代わりに部長に昇進したのか。営業部長なんてもともと似合っていなかったのに。

どうすることもできない。守ってあげたいのに力がない。私は裸の胸を彼の背中に押しつけて泣いた。まったく、なさけない。お涙頂戴だ。

「おーい、どうしたんだー」

ふざけた調子で笑っていた彼も、泣きやまない私につきあって、いつまでもシャワーにザーザー打たれていた。

深夜に彼をアパートの戸口で見送って、私はすぐに自分のパソコンを立ち上げた。簡潔に、贈賄を告発する文書をつくる。朝になるのを待ち、会社とは逆方向の電車に乗って、降りたことのない駅で降り、コンビニからファクスを送った。

待ってて、すぐだから。

それから、その店で男物の下着と靴下、パンと飲み物を買い、隅のATMで現金をおろして封筒に入れた。足しにもならないかもしれないけれど、手ぶらで送り出すわけにはいかない。少し焦ってもう一度カゴを取り、漫画雑誌と週刊誌を一冊ずつ入れる。石鹸と剃刀も入れ、ウエットティッシュのプラスチックの筒を手に取ってからまた棚に戻した。何が要るのかわからない。何も要らないのかもしれない。少し迷って、結局、週刊誌とミントガムを買った。

ふたたび駅へ戻り、電車に乗って路線を戻る。会社近くの駅で降り、会社の前を通り過ぎて歩く。見かけたことのある顔といくつかすれ違いながら、望月さんが使っている地下鉄の駅へと急ぐ。運がよければ、出勤してくる望月さんと会えるだろう。運がなければ、どうしよう。彼に電話をして伝えようか。ふと思いついて、さっきのコンビニのレシートの裏に私の電話番号を書く。きっとこれからは望月さんの携帯は使えなくなるだろう。それを現金の入った封筒の中に滑り込ませる。四月の曇り空に、雲の切れ間からまぶしい光が射していて、そこだけは別の世界のような、明るくて晴れ晴れとした世界があるような錯覚を起こす。

何か見慣れたものが視界に入った気がして、顔を向けると、望月さんが地下鉄の階段を上ってきたところだった。

「望月さん」

名前を呼ぶと、彼は当惑し、でもそれを表には出さないよう気をつけていることがありありとわかる表情を浮かべた。笑っているように見えなくもなかった。

「望月さん」

もう一度、呼ぶ。光の帯が灰色のコンクリートに立ち、春だというのに向日葵の花が咲いたように見えた。

「逃げて」

私のすぐ目の前で望月さんは足を止めた。持っていたコンビニの袋を望月さんに押しつけるように渡す。歩道を通り過ぎる人たちはこちらを見ないふりをしているけれど、きっと同じ会社の人も交じっているのだろう。

「お願い」

真正面から望月さんを見る。彼はもう笑っていなかった。

こんな顔をしていたんだっけ。急に懐かしさがこみ上げてその顔に指を伸ばしたくなるのを必死に押しとどめた。

「逃げ切って」

ややあって、彼がうなずいた。逃げ切ること。生き延びること。約束して、と言いたかったけれど、私と約束することじゃないと思った。

「わかった」

望月さんは険しい表情のまま、今来た道を地下鉄の駅のほうへ引き返そうとして、踵を返す直前に私を振り返った。

ありがとう。

声に出さずに言い、それから一瞬、笑顔になった。やさしい目だと思った次の瞬間、彼は私に背を向け、足早に歩き去った。

いつのまにか、エレベーターは空っぽだった。何往復かした後で、私はようやくエレベーターを降りる。

席へ戻っても、仕事にならないのはわかっている。蒼井さんに携帯をぶつけられた右肩が痛い。それでも、このまま帰ってはいけない。こんな形で逃げるように帰ってしまえば、明日からはもうほんとうに出社できなくなってしまうだろう。私のやるべきことは、これから始まる。

ランチボックスをトイレのごみ箱に捨て、洗面台で手を洗う。個室の中から出てきた人が、私と目を合わせないように顔を伏せているのが鏡に映る。今は、蒼井さんと私のわけのわからない喧嘩だと思っているだろうけれど。ごめんね、あなたの職場にも影響が出るかもしれない。

私の役目は、望月さんに生き延びてもらうこと。そして、望月さんを追い詰めたものを探ること。蒼井さんにはそのやり方がわからなかっただけだ。

「どうしたの」

望月さんに言われて救われた。加納くんに言ってあげられなかった言葉だった。ほんとうは、それを、ただ返せればよかったのだろう。

「どうしたの」

そう言った望月さんの声を、目を、私は忘れない。弱かったかもしれないけれど、やさしかった。あのときに、私の軸はぐらりと傾《かし》いでしまった。私も正しい方法を知らない。ほんとうのやさしさがわからない。でも、こうするしかなかった。望月さんにも、きっとわかっていなかった。逃げたかったのか。そうではなかったのか。

正しいかどうかで言うなら、たぶん、間違っている。でも、あの人は逃げなければならなかった。それだけははっきりしている。もしも逃げずにここに留まったなら、近い将来、身動きが取れなくなっていただろう。じわじわと追い詰められて、笑顔で取り繕うこともできなくなって、結局最後には息ができなくなっていっただろう。

私はそれを見るのが怖かったんだろうか。

それも、あるかもしれない。でも、それだけじゃない。望月さんを追い詰めるものを断ち切りたかった。望月さんのためだけじゃなく、たぶん、私のために、そしてこれからも生きていく人たちのために。そうでなければ、第二の望月さんが現れ、第二の、第三の加納くんが出る。

こんな大きな会社で、私に何ができるだろう。逃げずに、留まり続けることができるだろうか。

鏡の中の自分に何か言おうとして、自分にかける言葉など、もうずっと持っていなかったことに気づく。

「だいじょうぶ？」

後ろから声をかけられて振り返った。吉野さんが立っていた。お昼は同じ会議室で食べるけれども特に親しくはない。ほとんど話らしい話もしたことがない。

「どうしたの」

でも、その声はやさしかった。

「よっぽどのことがあったんでしょ、夏目さんも、蒼井さんも」

そうだ、よほどのことがあった。

思いがけない親身な声に戸惑いながら、私は小さく笑っている。吉野さんが怪訝そうな顔になる。

「どうしたの」

私は、好きな人を裏切った。もうのうのうとは生きていられないだろう。蒼井さんの予言通りだ。

後悔しても始まらない。私が後悔したところで、何かがうまくいくわけではないのだ。もしもあのとき、どうしたの、と声をかけていたとしても、状況は何も変わらなかったのかもしれない。望月さんも、加納くんも、ただ穏やかに笑うだけだったんじゃないか。

そう思い直したら、気持ちが少し軽くなった。

「ううん、だいじょうぶ。ありがとう」

悔やむより、進もう。

精いっぱいの笑顔をつくって、鏡の前を離れた。

第二話

ひたひたひた。

最初はさざ波のようだった。足下まで来て、さわさわと退いていく。ひたひたひた、さわさわさわ。ひたひたひたひた、さわさわさわ。ひたひたひたひた、さわさわさわさわ。

波がだんだん大きくなり、強くなってきた感じがした。初めは足の裏を濡らす程度だったのが、今はふくらはぎを浸し、膝まで来ている。さーっと退いていった後に次の波が来るまでの間隔が短くなっている。

マンションの自宅の短い廊下に掃除機をかけながら、履いていた靴下を脱ぐ。春とはいえ、冷え症だから靴下の重ね履きが欠かせない。それがなぜか、むずむずする。綿の靴下を一枚ずつ乱暴に脱いで、裏返しのまま脱衣かごに投げる。

また波が来た。ざーんと来て、一気に腰まで波に浸かったような感触だ。波はそのまましばらく腰の辺りにじりじりと留まって、それからまたざざーっと退いていった。

何かに似ている、と思った。羽織っているカーディガンも脱ぐ。暑いわけではない。ただ、落ち着かない。むずむずして、じっとしていられない。なんだっけ、この感覚。立っていたいのか、部屋の隅にうずくまっていたいのかもわからない。掃除機のスイッチを切って、目を瞑る。またやってきつつある大きな波をそうしてやり過ごす、つもりだった。ざばーんと大きな波が来て、今度こそ身体ごと持っていかれそうになる。ああ、そうだった、陣痛だ。陣痛に似ているのだ、と思ったときには、彼女は生まれていた。お釈迦様は脇の下から生まれたんだっけ。ぼうっとする頭で考えた。今、この人は私の鎖骨の辺りから、ぶりんと出てきた。この、裸の、まったく初々しくない大きな赤ん坊。

大きな赤ん坊は全裸で、膝を抱えて丸まっていた。見覚えのある顔。見覚えのある身体。髪形まで、私にそっくりだった。

膝をついて、そっと肩の辺りに手を伸ばす。

「もしもし、ちょっと」

我ながら古風な声かけだと思った。他になんて声をかければいいのかわからなかったのだ。

大きな赤ん坊はぼんやりと頭を上げ、目を何度か瞬かせてから、ゆっくりと大きく伸びをした。見れば見るほど私だった。目を伏せたいほどに。赤ん坊は廊下に棒立ちになっている私を見上げて、にっと笑った。

「寒い。何か着るもの貸してくれない?」

声もそっくりだった。録音した自分の声を聞いているみたいだ。思っているのとは少しだけ違う、でもきっと他人の耳にはこう聞こえているんだろうというような声。

「普段着でいいよ」

赤ん坊は床にすわったまま私を見上げている。

「ああ、うん、待ってて」

何が起こったのかわからないまま、クローゼットに服を取りに行った。下着と、シャツと、綿のチュニック、レギンス。靴下も。タイツのほうがいいだろうか。混乱しそうになるのを抑えて、とりあえず目についた服を取って廊下を戻る。

消えているのではないか、と思ったが、ちゃんと彼女はそこにいた。彼女、というか、赤ん坊、というか、私。私はここにいるのだから、私ではない、たぶん。生まれたばかりだけど、大人だから、赤ん坊でもない、たぶん。どう呼んでいいかわからないから、彼女ということにした。

「ああ、このタイツ、静電気ひどくない？」

渡した服を一枚ずつ身につけながら彼女が言う。そうだ、静電気が苦手であまり穿いていないタイツだった。彼女は知っているのだ。私、だからか？　腰をかがめてタイツを穿いている彼女を見る。少し、私より老けて見える。少し、私よりも厚かましい。少し、私よりも疲れているみたいだ。

「お茶、飲もうか」

服を着終えて振り返ると彼女は言った。

「いいよ、私が淹れるよ、すわってて」

勝手知ったる、といった風情で、彼女がつかつかとキッチンに入る。

「ほうじ茶にしよう」

私の好きな加賀棒茶《かがぼうちゃ》の茶筒を手に取っている。やっぱり、知っている。この家のことをよく知っている。

「あなた、誰？」

自分の声のはずが、乾いて聞こえた。薬缶《やかん》に水を汲んでいた彼女が驚いたようにこちらを見る。

「誰って、何よ。何を言ってるの。私は望月可南子《かなこ》。三十二歳。夫ひとり、子供ひとり」

ふざけているみたいに彼女が言う。

「よく知ってるでしょ、私はあなた。あなたは私」

我に返りそうで、返れない。夢から覚めそうで、覚めることができない。

不意に、リビングから泣き声が聞こえた。ルイだ。九か月になる娘のルイは、手のかかる盛りだ。午後に昼寝をする二時間ほどの間だけが、私のくつろげる時間だった。今日はちょっと短かった。掃除機をかけてしまったら、ゆっくりお茶を飲んでネットで買い物でもしようと思っていたのだ。

「起きるの、早すぎるんじゃない」

コンロに薬缶をかけながら彼女が言う、その声が冷たくて嫌な感じがした。

「しかたないよ、大きくなってきてるんだから」

思わずルイの肩を持った。起きるのが早かったルイよりも、突然現れた彼女のほうが私の平穏を乱していることはたしかだ。

「いいよ、しばらく放っておきなよ。お茶飲もうよ」

信じられないことを言う。やっぱりこの人は私に似ているけれど、私じゃない。

引き留めるのを無視してリビングのベビーベッドに近づく。泣き声を上げたはずのルイは、寝返りを打った体勢でまた眠っていた。

「いいんだって、放っておけば」

軽い調子で言いながら、彼女は湯呑みをふたつお盆に載せてテーブルへ運んでいる。

現実から目を背けたくて、でもそもそもこれが現実なのかどうかもわからなくて、私はいったん思考のスイッチを切る。

「あなた、誰？」

同じ質問を繰り返す。テーブルを挟み、向かい合わせに腰を下ろして、彼女は不敵な笑みを浮かべた。

「私はあなた」

「どうしてここにいるの」

「それはわからない。さっき、あなたから生まれたばかりだから」

出産した覚えはない。分身ということだろうか。頭がくらくらする。私はだいじょうぶなのか。錯覚もしくは錯乱しているのか。

「深く考えるの、よそうよ」

ほうじ茶に口をつけながら彼女が言う。

「ちょうど話し相手がほしかったんだ」

「あ」

「なに？」

私もそう思っていた。話し相手がほしい。ときどき娘を連れていく公園で会うお母さん友達じゃなく、もっと話していい人。子供のこと以外を話してもいい人。

「今日はゆっくり語り合おうよ」

私は少し驚いて彼女を見る。もしも、この人がほんとうに私だったら、今、相当勇気を出しているに違いない。誰かにゆっくり語り合おうだなんて私は言えない。でも、もしも、この人がほんとうに私だったら、いろんなことをゆっくり語り合うのにこれほどふさわしい相手はいないだろう。

娘が小さいのも幸いだった。物心のつく年齢になっていれば、母親に瓜二つの彼女を見て混乱するだろう。もしかすると私にしか彼女は見えていないのではないか。そんな疑問に答えを突きつけられる恐れも今ならばまだない。

お茶を飲み、他愛もない話をし、ゆるやかに時間は過ぎた。娘が昼寝から覚めると、彼女はさりげなく席を立った。娘の視界から外れたところで、くつろいだ表情で何杯目かのお茶を飲み、雑誌をめくっていた。彼女も疲れているのかもしれない。ここで少し休んでいくといい、と思った。

私と彼女は気が合った。よく、性格が似ているふたりがずっと一緒にいるとかえって喧嘩になるなどと言われるが、性格がまったく同じだとその心配はないみたいだ。基本的に口数は多くなく、沈黙も気にならない。強い自己主張もないほうだと思う。食べものの好みも同じで、同じ男を愛していた。

話もよく合った。しかし、肝腎の話自体があまりなかった。子供のこと以外を話していい、自分のことを話していい、となると途端に困る。私には、話す自分などいないのだった。結婚して子供を生んだら自分が薄くなってしまった。それは彼女も同様で、話すのは当たり障りのないことばかりだ。毎日毎日生きているのに、思い出と呼べる、飾れるようなものはぜんぜんない気がした。

「思い出がないよね」

私が言うと、彼女も同意した。

「特に、あの人との思い出」

そう言って小さく笑う。

あの人――夫との間には思い出がない。

おいしいものも食べたし、旅行もした。おまけに、子供まで生まれてしまった。だけど、どんなにめずらしい場所へ旅しようとも、あの人はいつも同じ風景を見ていたような気がする。そこに私の姿はない。ふたりでどんなことを経験しても、別々の記憶が増えるだけだった。

ルイが生まれたときのことだ。難産だった。立ち会いは私が希望しなかった。あの人は、長い長い間ずっと分娩室の前で待っていてくれた。生まれてすぐに、看護師さんが「パパを呼びましょうね」と分娩室を出ていって、彼がおずおずと入ってきたのを覚えている。やさしい笑顔だった。おめでとう、と言ってくれた。ありがとう、と答えた。ほんとうは、おめでとうは違うだろうと思った。僕の子供を生んでくれてありがとう。それも違うような気もしたけれど、まだそのほうがうれしかったかもしれない。おめでとうはあまりにも他人事すぎる。私はもっと自分のことのようによろこんでほしかったのだ。ううん、それもおかしい。だって、自分のことだ。私の身体を通して、あの人の子供が生まれたのだ。

その後も変わらずやさしかった。家にいるときはおむつを替えてくれたし、沐浴も手伝ってくれた。百日参りの記念写真には、穏やかな笑顔で写っている。でも、結婚する前からこんな笑顔だった。赤ん坊が生まれる前もこんなふうに笑った。大きな山が聳《そび》えているような感じだった。この人には触れられない。何も変わらないし、変えられない。やさしくて、穏やかで、いつも笑顔でいてくれる。でも、もどかしい。贅沢な話だろうか。過剰に求めすぎているだろうか。この人は自分の子供でなくてもこんなふうにやさしく接しただろう。そして、たぶん、妻にでなくても、こんなふうにやさしくするのだ。

「一番の思い出は、出生届かな」

頬杖をついて彼女が言う。

「思い出と呼ぶには、きつすぎる」

私が言うと、彼女も真顔でうなずいた。

「でも、あれはちょっと忘れられないな」

うん、と私たちはうなずき合う。

ほんとうは、出生届は一緒に出しに行きたかった。婚姻届を出したときと同じような誇らしい気持ちになれただろう。でも、生まれたばかりの娘を連れて役所に行くのはさすがに難儀だった。

「君の身体もまだ本調子じゃないし、ルイにも刺激が強すぎるんじゃないかな」

やさしい声で諭されて、その通りだと思った。まだ目も開いていないようなルイを炎天下に連れ出すのは危険だ。ルイ——私たちの大事な娘の名前だ。私は夫がまるで一人前の人間のように赤ん坊の名前を呼ぶのが好きだった。ほんの十日ほど前まではこの世にいなかったのに、今は家族として、名前を持って、ここで寝息を立てている。そのことに、いちいち驚いてしまう。きっとまだしばらくは、慣れることのできないよろこびとして存在するのだろう。

「僕が、会社に行く前に寄って出してくるよ」

一緒に行けないのは残念だけれど、出してきてもらえるのはとてもありがたかった。何も疑わなかった。

「忙しいのに、ごめんね」

そう言って、送り出した。何を疑うことがあっただろう。あの人はずっと変わらずにやさしかった。今もやさしい。ルイが生まれてきてくれて、しあわせだった。それでじゅうぶんだったはずだ。

保健センターから封書が来たとき、最初は間違いだと思った。それは、乳児への予防接種の知らせだった。

望月涙様。

宛名にそう書いてあった。

同姓の誰かに宛てた手紙が間違って家に配達されたのだ。住所と苗字が合っていることを不審に思いながら封を開けた。中に予防接種用の問診票が入っていて、そこにあらかじめ住所と名前と生年月日が印字されていた。望月涙。振り仮名は、モチヅキルイ――ルイだ。驚いた。ルイのことだった。

字が間違っている。うちのルイは片仮名で、望月ルイ、と書く。嫌な予感がした。ほんとうに間違いだろうか。こんな間違いがあるだろうか。だとしたら、どうして。単なる入力ミスだとしても、涙はルイの漢字変換の第一候補ではないだろう。じわじわ、じわじわ来た。間違いではないのではないか、というおかしな予感。確信犯なのではないか。

出生届を出しに行ったのは、夫だ。確かめてみなければ、と思った。手に持っていた問診票がぶるぶる震える。涙という文字が震える。それをぐしゃっと握り潰す。ほんとうは、確かめるまでもない。確信犯の仕業だ。一度問診票をごみ箱に投げ入れ、それから拾い上げる。捻られた紙を広げ、皺を伸ばす。望月涙。どうしてこんな名前を背負わせてしまったのだろう。ベビーベッドの中で眠っている小さな赤ん坊を思うと、涙が出そうだった。急いで顔を上げて笑顔をつくった。

涙はだめだ。これからは涙を流さないようにしよう。私は心に決めた。涙という字が悲しくて涙を流しては、ルイが不憫だ。

昂っていた気持ちが徐々に落ち着くに従って、確信は強くなった。ルイは父親から涙という名前をもらってしまった。理由はわからない。ただ、悲しかった。騙されていた、裏切られていた、と感じた。やがて悲しみよりも恐怖のほうが大きくなった。夫はなぜ娘の名前を変えてしまったのか。なぜ何も相談してくれず、報告さえしなかったのか。理解できないことが大きすぎると、恐怖を感じるものだと初めて知った。

「すごく好きだったんだよ」

口に出してみる。彼女はソファに移って雑誌に目を落としている。私のひとりごとには気づいていないみたいだ。安心して、もう一度つぶやいてみる。

「すごく好きだった」

いけない。すごく、なのか、好き、なのか、よくわからないけれど、何かがいけない。くうんと鼻腔が鳴るような、かすかに切ない匂いがある。すごく、好き、だった。もしかしたら、最後の、だった、のせいかもしれない。過去形だから。

少年のように繊細そうな目。笑うとそれがとろけそうになる。好きだった。

なんでもおいしそうに食べた。がんばってつくった新しいメニューの、香りの強いスパイスやハーブも避けずに食べてくれた。好きだった。

映画は古いヨーロッパのものを好んで観た。自分から語ることはないけれど、名画について尋ねるとうれしそうに答えてくれた。

クリーニングに出すと糊付けが強すぎて苦手だと言い、私が洗濯してアイロンをかけたシャツしか着なかった。

初詣に行ったとき、何を願ったのかと聞くと、何も願わなかったと言った。自分の決意を述べただけだと少し照れたように言った。

いけない、と思いながら、私はうっとりと繰り返した。

「すごく好きだったの」

そう言ってしまえば、確定する。すごく好きだったけれど、今はそうでもない。今現在はそうではないのだ。

ふと目を上げると、ソファの彼女が冷めた目で私を見つめていた。

「どうしたの、急に。何かあったの？」

つまらなそうに言う。答えは知っているはずだ。

「何もないよ」

何もない。何もなかった。あの人はずっとやさしいままだった。だからだめになったのだと思う。

「やさしくしようと思った。やさしくしてあげたかった」

やさしい人だった。こんなにやさしい人は、誰かがやさしくしてあげないと壊れてしまう。その誰かに私がなろうと思ったのだ。

あの人は、いつもやさしかった。そのやさしさが変わらなすぎた。新婚旅行に行っても、帰ってきても、何も変わらなかった。変わらないのはいいことだと初めのうちは思っていた。一年、二年、と経つうちに、だんだん怖くなった。

たとえば、あの人の好きなフランス映画をふたりで観る。映画館の座席にいて、めまいを覚える。ひとりの世界に入ってしまっているのがわかる。私と観ても、ひとりで観ても、同じなのだ。私にとってはふたりで観ることが大事なのに。

たとえば、あんなに待ち望んだはずの子供が生まれる。もちろん、よろこんでくれた。でも、生まれる前と生まれた後とで何も変わっていない。

そのときは気がつかなかった。変わらないということがどんなに残酷なことか。近づくことも、遠ざかることもなく、ただずっと変わらないということ。ふたりで何を経験しても、何を経験しなくても、変わらないということ。それは、つまり、私がいてもいなくてもいいということだ。ルイが――私たちの娘が――いてもいなくても変わらないということなのだ。

頑丈なバリアがあって、そこからは一歩も入れなかった。あの人自身も一歩も出てこない。それを悟られないように、いつも笑顔だったのだ。私は爪を研ぐ猫のように、バリアをカリカリと引っ掻いた。何度も何度も引っ掻いて、体当たりして、それでも笑顔はびくともしなかった。

「疲れちゃったんだよね」

私が言ったのか、彼女が言ったのか、判別がつかない。どちらでも同じだ。疲れてしまったというのが一番正直な気持ちだ。

「すごく強い人なんだよね」

これは、私が言った。あの人はやさしそうに見えて、ものすごく強い。

「そうかな」

これは、彼女が言った。

「ものすごく弱いんじゃないのかな」

意見が分かれた。どちらでも同じだ。すごく強いのとすごく弱いのは表層としてはとても似ている。そして本人以外の人間にとっては表層にしか意味がない。


今回は、陶器の人形だった。

夫は海外営業部にいて、頻繁に海外へ出張に行く。お土産はいらないと何度も言っているのに、必ず何かを買ってくる。スカーフだとか、口紅だとか、チョコレートだとか、香水だとか。いらないものばかりだ。もう買ってこないよう本気で懇願したけれど、変わらなかった。困惑した。いらないものが増えていく部屋で、私はいつも困惑していた。

夫の出かけた部屋で、小ぶりの人形を眺めてみる。かわいいといえば、かわいい。でも、欲しいとは思わない。実《じつ》を持たない、証拠のようなものを押しつけられたようで重い。やさしい証拠。話を聞かない証拠。変わらない証拠。

「また増えちゃった」

思わず口に出したら、テレビのワイドショーを観ていた彼女が振り返った。

「また、って言った」

言ったよ。まただよ。そう思ったけれど、何かが引っかかった。

「また、ってなに？　なんのこと？」

自分でもびっくりするような険のある声が出た。彼女はテレビの前からねっとりとこちらを見ていたが、

「べつに」

そうして、テレビの画面に視線を戻す前にちらりとベビーベッドのほうを見た。わざとだ。いらないものとして、ベビーベッドをわざと見たのだ。もちろん、ベッドではなく、その中に入っているものを示そうとしたに違いない。カッとなった。

「なんなのよ」

彼女は振り返らない。

「何か言いたいことがあるなら、はっきり言ってよ」

返事をせずにテレビを観ている。

いらないものじゃない。ルイはいらないものなんかじゃない。深いため息をついて、憤りを押し殺す。手に持っていた陶器の人形を、不燃ごみの中に乱暴に突っ込む。

不毛だった。彼女は私だ。隠したってきっと全部知っている。

ルイに戸惑う。ルイに泣きたくなる。どうしてルイに。大事なはずのルイに。私にはわからない。きっと彼女も知っていてどうすることもできない。


まぼろしのようなものかと思っていた。まさか、彼女がこんなに長くいるとは思わなかった。夜、眠りにつくときに、きっと目が覚めたら彼女はいなくなっているだろう、と思う。でも、朝、目を覚ますたびに、彼女は現れた。

「夜はどこで寝てるの?」

夫を送り出した後、キッチンで洗い物をしている頃に彼女はふらりと近づいてくる。

「てきとうなところ」

ラップをかけた朝食の残りから、苺をひと粒つまんで口に入れている。

おおむね、私たちはうまくやっている。ときどき、掃除を手伝ってくれる。洗濯をしてくれることもある。味付けが変わるといけないから、と言って料理はしない。微妙な基準だと思う。

夫が今年すでに三度目の海外出張に出て、私たちは静かな夜を過ごしていた。

「ねえ、知ってる?」

彼女が梅酒の入ったグラスを片手に、月を見ながら言った。マンションの窓から見る、小さな月だ。その月に語りかけるように、でも実際には私に向かって話しているのだった。

「あなたの旦那さん、ってまあ私の旦那でもあるんだけど」

「うん、知ってる」

「そうじゃなくて」

「だから、知ってる」

私が言うと彼女は月から目を離し、こちらへ向き直った。一度目が合っただけで、彼女は私がほんとうに知っているということを悟ったようだ。

「そうか、知ってたのか」

「もしかして、あなたわざわざそれを知らせるために?」

「違うって。どうしてここにいるのか、ほんとにわかんないんだって」

彼女は一瞬笑いかけて、それから口を噤んだ。

「……で、どうするの」

「うん」

私は彼女のほうを見ず、彼女ももう私のほうを見ない。ふたりで黙って梅酒の入ったグラスを傾ける。

どうするのかと問われても答えようがなかった。同じことを聞いても、きっと彼女にも答えられない。三人寄れば文殊の知恵というが、もしもここにもうひとり私の分身が増えたとしても、答えは出てこないだろう。

夫が浮気をしている。つい最近知ったことだった。いつも帰りが遅いから、いつからだったのかはわからない。もしかしたらそのままずっと知らないままだったかもしれない。

その日、夫が携帯を家に忘れていった。出張に出る数日前だった。午前十時、すべての部屋に掃除機をかけ終わって居間に戻ると、ルイがそれを玩具にしていた。取り上げようとしてふと見ると、画面に知らない女が映っていた。届いたばかりのメールの添付を開いてしまったらしい。女は裸だった。その隣に、裸の男。見慣れない男だと思った。夫とそっくりの、知らない男。今でも半分くらいそう思っている。

夫は、私に対してもルイに対してもこれまでと態度が変わったようには見えなかった。いつも通り笑顔で、やさしくて穏やかだった。あの写真のせいでそれがどう変わるのか、確かめたいとは思わなかった。

「でも、怒ったよね」

「うん」

「あんな写真を撮らせたこと」

「うん」

怒りはあった。写真に対して、それからよりによってあの写真を引っ張り出した娘に対して。幼い身体を衝動的に突き飛ばしたくなったのだ。危ういところで回避して、それでもまだ肩で息をしている自分を、激しく憎んだ。子供を虐待してしまう親の気持ちなどまるでわからないと思っていた自分を。

しばらく何も考えずにすわっていたと思う。やがてお腹が空いたらしくぐずり始めた娘に機械的にミルクを与え、午後三時をまわった頃に、ようやく冷静になった。

「たったの五時間か」

自嘲するみたいに彼女は言うけれど、五時間で落ち着かないほうが人間として上なんだろうか。妻として、女として、五時間は短すぎただろうか。

もしかして、わざとかな、とも考えた。わざと携帯を忘れていったふりをして、私に写真を見せる。別れ話を切り出しやすくなる。あの人らしくないやり方だ。

どうやらそういうつもりではなかったらしい。その日、夫は夕方六時に家に帰ってきた。携帯忘れて仕事にならなくて、と汗をかきながら言い訳をしていたけれど、帰ろうと思えば六時に帰れるのかと私は冷静に思っていた。怒りはもうなかった。ただ、この人はいったい何をしようとしているのだろう、と思った。私が今まで必死に守ろうとしてきたものは何だったんだろう。それが不思議だった。嫌いになったのではない。だけど、好きなのかと問われればよくわからない。同じ家に暮らして、すぐそばにいるはずなのに、手で触れても実体が摑めない。

その朝は、いつもと変わらない朝だった。

前の晩、職場の歓送迎会があるとかで遅くに帰ってきた。少し疲れているみたいだった。でも、ちょうどルイがぐずって泣いていて、話らしい話もできなかった。夜、どんなに遅く帰ってきても、朝はいつも通り早い。きっと明日にはどうせいつもの穏やかなやさしい顔に戻っているに違いない。あまり気にせずに寝た。朝はやっぱりいつも通りだった。軽く失望した。つまらない、と思ったのだ。疲れた顔をしていてくれたなら、声のかけようもあったのに。

あの人は普段通りに朝ごはんを食べ、ルイと私にいってきますを言って笑顔で出かけていき、そして、そのまま帰らなかった。

ひと晩帰ってこなかったときに、どうしてだか私は驚かなかった。静かで頑固なあきらめが、すでにあった。もうここへは帰ってこないのだろう。部屋はそのままだった。何も持ち出していなかったし、書き置きもなかった。でも、これまで何年もかけて何も変えずにきた。ひと晩帰ってこないということは、これからも帰ってこないということなのだ。それだけはわかった。

あの写真の浮気が原因ではないだろう。そんなものではない。

一日だけ待とう。それから会社へ連絡を入れてみよう。そう思っていた矢先に、会社から電話がかかってきた。出社していないらしい。警察へ知らせたほうがいいのではないかと言うと、それは待ったほうがいいと言う。なぜですか、と聞くと、言葉を濁した。

やはり、何かあったのだ。私の知らない何かがあった。

ぼんやりとしていた影が頭の中で像を結ぶ。山だ。鳥海山《ちょうかいさん》。ふるさとの、懐かしい山だった。小学校へ上がる前に一家で東京へ移った。それでも心のふるさとには、いつもあの山がある。あの山には今も雪が残っているだろう。下界に生ぬるい風が吹き、木々が白い花をつけても、あの山の頂には雪が残っている。ただ麓からは見えないだけだ。山に今もひっそりと積もる雪と同じように、私にはあの人のことが見えない。何かがあるのを知っていても、それが何なのか、どれくらい積もっているのか、見ることはできない。

「帰ってくれないかな」

洗濯物を畳みながら、思い切って切り出した。彼女は怒ったように声を荒らげた。

「八つ当たりするわけ?」

「ううん、ごめん。ただ、今はひとりになりたいの」

帰ってほしいと頼んだら帰る場所があるのか、そこから疑問だった。彼女はそこには触れずに、鼻で笑った。

「ひとりだよ。最初からひとりだ。私はあなた。あなたは私。ひとりなんだよ」

力なくうなずく。

最初からひとりだったらどんなによかっただろう。誰かとふたりになろうなんて考えを持たなければよかった。

「あなたのなさけない顔を見ているのがつらい」

「だからさあ」

彼女が意地悪そうに言い返す。

「私はあなた。あなたは私なんだって。このなさけない顔はあなたの顔なんだよ」

少し笑った。なさけない顔ができてよかったのかもしれない。どんなにつらくても笑顔でいようなんて殊勝な人間じゃなくてよかった。

ずっと変わらずに穏やかな笑顔を保っていられるというのは、周囲の変化に鈍感だということなんじゃないか。何があっても変わらず、ただ笑っていられる。それは、やさしく見えて、途轍もなく冷たいということだ。

その証拠に、今、こんなにひとりだ。どうして帰ってこないのか、会社にも行っていないのはなぜなのか。あの人に何が起きたのか、私は何ひとつ知らない。

警察という単語を出したときに、電話の向こうが息をのんだ気配があった。あの人に起きたのは、警察絡みになるようなことなのかもしれない。それなのに、何も知らなかった。気づかなかった。私は今、地上にたったひとりで放り出された気分だ。

「サスピション、だっけ」

不意に彼女が言って、私の胸は不自然に高鳴る。平然とした顔をしていたいのに、耳たぶが熱い。サスピション。疑惑、だったか。容疑、だったか。あの人へのいろんな疑い。蓋をしてきた思いがぐるぐると渦を巻いている。

「えっと、違うな、サス……サスペンションだ」

「は?」

「うん、サスペンションだ。車についてる緩衝装置」

車には興味がない。サスペンションにも詳しくない。荒れた路面を走るときにも車体にできるだけ振動を伝えないようにする装置のことだったか。

「サスペンションが衝撃をやわらげるから、中の人間は快適に乗っていられるんだよね」

ふうん、と気のない返事をする。

「中の人間のためなんだよ」

「何が?」

「だから、あの人が衝撃を伝えないように守ろうとしているのは、誰なのかってこと」

「誰って、それは、あの人自身でしょう」

あの人は、どんなに荒れた道でも、雨が降ろうと、風が吹こうと、娘が生まれようとも、笑顔で中身を守った。

彼女はしばらく黙って考えているようだった。不機嫌そうに口がへの字に曲がっている。

「ずっと考えてたんだ。あの人は、サスペンションのほうなんじゃないかな」

「どういうこと」

思いがけない推理に、あの人の顔が結びつかない。

「あの人の笑顔がクッションなんじゃないか、って。守ろうとしている中の人は、別にいるんじゃないか、って」

口をへの字に曲げたまま、ふてくされているみたいに言う。その口はやめたほうがいい、とこんなときなのに思う。年齢よりも老けて見えるから。

「別にいるって、どこにいるの」

携帯の画像に写っていた彼女なら、きっとあの人は本気で守ろうとしていたわけじゃない。浮気だから、というのではない。あの人は彼女よりも自分を守ろうとするだろう。

それくらいはわかる。

目の前の女はすっと人差し指を上げ、それをまっすぐに私に向けた。

「なに?」

まるで、よくある脅かし系の怪談噺《かいだんばなし》のように、彼女は私を正面から指差して鋭い声音で言った。

「ここにっ」

一瞬、ぽかんとしてしまった。それからゆっくり笑いがこみ上げてきた。

「ちょっと、何笑ってるのよ、まじめに考えなさいよ。聞いてるの?」

くつくつと小さく笑って、私は彼女の考えを撥ね飛ばす。ありえない、と思う。あの人がクッションになって守ろうとしたのが私だなんて、ありえない。この期に及んでまだそんな夢を見ているこの人が哀れにさえ思えてくる。

「もういい。じゃあそうやって夫に裏切られた悲劇のヒロインやってればいい」

不機嫌そうな顔と声は、たぶんカモフラージュだ。私を守ろうとした、ということはつまり彼女を守ろうとしたということだ。自分でそれを指摘するのが照れくさかったんだろう。ほんの少し前の私を見るようで、居たたまれない。状況は絶望的なのに、一縷の望みを探して、必死にそれを手繰り寄せようとしている。

「ひとりでサスペンションになって、どうするつもりだったの」

私が言うと、彼女も黙った。

何があの人にそうまでさせたのだろう。どうすればよかったのだろう。私にはわからない。彼女にもわからない。きっとあの人にもわからなかったのではないか。

「もしもあの人が、変わらないことで私を守ろうとしたのなら——」

言いかけて、迷う。正解はわからない。

「——私も変わらずにあの人を待つ」

「——あなたは変わったほうがいい」

私と彼女の声が重なった。ふたりで顔を見合わせる。

変わらないものをずっと好きでいるのは簡単なことだ。変わっていくものを好きでい続けるほうがむずかしい。そう思っていたけれど、違うだろうか。私たちは生きている。日々、新しいものに出会って変わっていく。

変わりながら、それを確かめ合いながら、暮らせたらよかった。もう、遅い。きっとあの人はここへは帰らない。でも。

「待つよ。ここであの人を待つ」

私がつぶやくのを聞き、彼女が悲しげに首を振る。

「あの人はきっと大事なものを守ろうとしてきて」

その先は言わなかった。守り切れなくなって、逃げた。そういうことなのだろう。

想像したくない。笑顔の裏で、逃げなければならないような事態に追い込まれていたなんて、それを妻がひとつも気づかずにいたなんて。想像したくなくても、しなければいけなかった。

「縁起でもないけど」

彼女が言う。

「生きていてさえくれればいいよ。たぶん、そういうよっぽどのことが起きたんだと思う」

生きていてさえくれればいい。そうだ。それだけだ。生きていてさえくれれば。それ以上はもう何も願わないことにする。いつかの初詣を思い出す。自分のためには何も願わないと言っていた。あの人に倣って、自分の決意を述べるだけにする。

「待ってるから」

ただ、待ってる。笑顔じゃなくていいから。あの人が無事に生き延びて、私とルイも無事に生き延びて、どこかでまた会えることを。

第三話

ほんとうにばかだった、と嘆きたくなることがときどきある。ほんとうにばかだった。私はほんとうにばかだったのだ。自分のしたことや言ったことを思い出すと、わあああっと叫んで顔を覆い、その場を走り去りたくなる。忘れてしまおう、と思う。でもまた何かの折に思い出して、わあああっと叫びたくなるのだ。

「狐の嫁入りって何のこと?」

昔、弟に聞かれたことがある。かわいい弟だった。性格がやさしくて、顔立ちが女の子みたいで、泣き虫だった。そういえば、よく、女みたいだとからかわれては泣いて帰ってきた。女の私のほうがよっぽど気が強かったと思う。

狐の嫁入りについて聞かれたとき、私は間近に迫った期末テストのことで頭がいっぱいで、小学生だった弟の無邪気な質問に苛立った。

「狐は交尾しないんだよ。だから、狐の嫁入りっていうのは処女懐胎のこと」

ぞんざいな口調で言い放った。弟は茶色がかった目で私をまっすぐ見ていた。うっとうしいくらいに素直な目で。

それから何日か後の授業参観で、弟は狐の嫁入りについて壇上で発表したらしい。

「あの子がショジョカイタイって言ったとき、教室がしいんとしてたわ。子供たちはみんなわけがわからないって顔してた」

母は怒っていた。

「わけがわからない歳でよかったわよ」

そりゃそうだ。私だってもしも弟が中学生にもなっていたらそんな作り話はしなかっただろう。

「おかげでお母さん恥かいたわ」

いつまでもぶすぶす怒っている母と、もうそんなことはなかったようににこにこしている弟を見て、そのときの私はどう思ったのだったか。

私は十四歳、中学二年生だった。高校受験が近づいて、なんだかいつもいらいらしていた気がする。五つ違いの弟は九歳で、まだ小学三年生だった。

年月を経て思い出すたびに、わあああっとなる。弟が恥ずかしいんじゃなくて、自分が恥ずかしい。どうしてそんなつまらないことを言ったのか、自分の気持ちがさっぱり思い出せなかった。

まだある。まだまだまだある。わあああっと叫びたくなること。ばかすぎてたまらなくなること。チョークで白く塗りつぶしてしまいたいこと。

狐の嫁入りが中学生の頃で、岸田《きしだ》くんとのことが高校生。大学では就職活動で揚々と話した自己PRが痛すぎた。大人になったからわかる、さまざまな若気の至り。結婚して、母になり、気持ちの落ち着いた今は、失敗することはあっても叫びたくなるほどのことはもうほとんどない。

警察がマンションに来たとき、朝早くて、まだ夫も子供も出かける前だった。

「望月正幸《まさゆき》さんのことで伺いました」

二人組の、刑事なのか何と呼ぶのかわからないけれども、とにかく警察の人が言って、私は、はい、と返事をしながら急に血圧が下がるのを感じた。

気が遠くなりそうだった。何の確証もなかったのに、正幸が——弟が——死んだのだと思った。予感というより確信に近かった。事件だろうか、事故だろうか。それとも、自殺。

足に力が入らず、玄関でよろけて膝をつきそうになる。

「だいじょうぶですか」

手前に立っていたほうの警察の人が私に手を伸ばした。私はなんとかバランスを取り戻す。

なぜか、真っ先に浮かんだのは、弟の泣き顔だった。ずっと昔、私が岸田くんと別れたときの、六年生だった弟の泣き顔。もうあんなに子供じゃない。背が伸びて、泣かなくなって、立派な大学を出て、結婚もして、しあわせに暮らしていたはずだった。

リビングから夫が出てきた。

「どうしたんですか」

「ああ、朝から失礼します。実は、望月正幸さんが失踪しまして」

「えっ」

声を上げたのは、夫と私、ふたりともだ。夫は単純に驚いたのだろう。私のは、死んだのではなく失踪なのか、という驚きだった。

「いつからですか」

「先週からです」

先週からいなくなって、どうしてうちには何の知らせもなかったのだろう。そう思ったが、

「届け出があったのが昨日でした。できれば大ごとにはしたくないと奥様は考えられたようで」

奥様、と言われて、弟の奥さんの雛人形のような顔を思い出す。あの雛が考えたのか。姉に知らせなくていいと判断したのか。

「こちらは何も知りません」

夫が毅然と答えた。

「そうですか」

警察の人は、しかし、私を見た。

「正幸さんのお姉さんの有希子《ゆきこ》さんですね。あなたは何かご存じだったんじゃないですか」

私は立っているのがやっとで、壁に背中をつけたまま答える。

「いいえ」

「ではなぜ、私たちが失踪のことを話す前から動揺しておられたのでしょう」

「それは」

とっさに死んだのではないかと考えてしまったからだ。でもそれを言えば、自殺の理由に思い当たる節があるのかと疑われてもしかたがない。

「何かよくないことが正幸に起きたのかと」

終わりまで言う前に、夫が私の肩に手を置いた。警察の人は、小さくうなずいた。

「最後に正幸さんと会われたのはいつですか」

いつだろう。岸田くんと別れたときの泣き顔。そうじゃない。狐の嫁入りのことを聞いてきたときの丸い目。違う。幼稚園の運動会でお遊戯を踊った小さな身体。いろんな正幸が目の前に入り乱れて、わけがわからなくなった。

「去年の夏——七月か八月です。正幸くんに赤ちゃんが生まれて、お祝いに行きました」

赤ちゃん、という言葉に我に返る。そうだ、正幸には赤ちゃんが生まれたのだ。七月

七月七日だった。七夕生まれの女の子なんてきれいでいいね、と話した。七ちゃんとか、夕子ちゃんなんて名前もいいね、とうちの子供たちも従妹《いとこ》の誕生にはしゃいでいた。ルイという名前にしたのだと、照れくさそうに弟は笑った。

私たちがお祝いに行ったのは退院間際の産院だったから、七月の半ばだったと思う。

「そのときに正幸くんにも会いました。赤ちゃんが生まれてうれしそうでした」

夫が説明している。それから、不意に声の調子を落とした。

「何があったんですか。奥さんと赤ちゃんは無事なんですよね」

さっきまで話していた人とは違うほうの、黙っていた年配の人が口を開いた。

「ご家族は無事です。正幸さんも無事だと願いたいところです。ただ、自らの意志で失踪したにしては、何の準備もしていなかったようです。普段の通り出勤して、その途中で行方がわからなくなった。家にも会社にも何も連絡がなく、お金をおろした形跡もない。ちなみに、正幸さんには贈賄の容疑がかけられています」

「贈賄ですか」

あまりにもさらりと言われたので聞き流すところだった。

驚いたように夫がつぶやき、それで私もここは驚くところなのだと思った。でも、口が勝手に動いた。

「それは罠だと思うんです」

警察の人がふたりとも私を見た。肩に置かれた夫の手に力が入った。

「罠というのは」

聞き返されて、自分でもなぜ罠という単語が出たのかわからない。弟ではない。贈賄に絡むような人間ではない。そう訴えたかった。

「何か心当たりがあるんですね」

警察の人が詰め寄る気配がして、うまく感情を抑えることができなかった。

「そんな、贈賄なんて、容疑なんて、罠に決まってます。失踪しているのは誰かに狙われているからなんじゃないですか」

「すみません」

夫が割って入る。

「妻は動揺しています。罠という言葉に深い意味はないと思います」

背中で私の身体を支えている夫の腕を振り払いたい。

「賄賂なんて、あまりにも弟と遠くて結びつきません。正義感の強い、まじめな子でした。他の犯罪ならまだしも、贈賄は、弟から三百六十度かけ離れてます」

もういいから、と耳元で夫が囁く。だめだ、こんなんじゃわかってもらえない。どうすれば弟は無実だとわかってもらえるんだろう。

「他の犯罪なら、とおっしゃいましたが」

警察の人が静かに言う。

「たとえば、どんな犯罪ならありえると思いますか」

弟を指していた矢印が、ぎゅいーんとまわり始める。頭に血が上る。どんな犯罪。ありえるか。弟。正幸。失踪。贈賄。ありえない。

太く黒い矢印が、弟とは正反対を向き、百八十度を越えてそのまままわり続けた。ぎゅいーん。だめ、こっちはだめ、と思ったのに、まわって、まわって、また弟に戻ってくる。

やさしい弟。まっすぐな目をしていた弟。涙を必死に堪えていた弟。弱い弟。

矢印は最後に弟を指して止まった。

「有希子」

「お母さん」

夫と、リビングの扉の向こうから覗いていたらしい子供の声を耳にしながら、私の意識はそこになかった。

「まずは望月正幸さんの身の安全を第一に考えています。何かありましたら、ここへご連絡ください」

頭の上で、やりとりが聞こえた。私は子供たちに両側から抱えられるようにしてリビングに戻り、ソファに横になった。玄関でまだ話している声が聞こえていたが、まもなく静かになった。

失踪でよかった。死んだわけではないのだ。必ず戻ってくる。

「有希ちゃん、聞いて。あの子はだめ」

パーマの髪を揺らして母が大げさに首を振る。

ああ、どうやら夢を見ているらしい。ソファに横になったところまでは覚えている。そうしたら、ざあっと血の気が引いていく感じがあって、目を瞑ったらそのまま薄暗い闇の中にいた。

「あの子って誰のこと」

高校生の私が言いかける。いつかの再現だ。わあああっと叫び出したい。夢から出たい。

「岸田くんのこと。有希ちゃんおつきあいしてるんじゃないの。でもね、お母さん悪いことは言わない、あの子はよくないと思うのよ。見ててごらん。あの子は今になんでもやめるようになるから」

母は思い切ったように、でもどことなく得意そうに言った。

思い出す。高校二年の夏の終わりだ。わあああっ。消してしまいたい出来事が、鮮やかによみがえっている。

「どういうこと?」

私はむっとして聞き返した。むっとした感情がたしかに胸の中で膨らんでいて、夢というより追体験しているみたいだと思う。普段は思い出さないところまで、否応なく夢は再現した。

高校の同級生の岸田くんとはつきあって半年近く経っていた。私たちは仲がよかった。岸田くんは頭がよくて、運動もできて、かっこよくて、つきあえることになってほんとうにうれしかった。家にも二度ほど遊びに来たことがある。そのときは、母も歓待していたように見えたのだ。弟など、岸田くんになついて、ずっとそばを離れたがらず邪魔だったぐらいだ。

「サッカー部、やめたんだってね」

どうして母がそれを知っているのだろう。岸田くんは足を怪我して、完全に治る見込みがなくて、サッカーを断念した。それを簡単に言われたくなかった。

「ひとつやめた子は、やめることに抵抗がなくなるの。平気で次もやめるようになっちゃうのよ」

「岸田くんは怪我をしたの。好きでやめるんじゃないんだから」

言い返すと、新聞を読んでいた父が顔を上げた。

「残念ながら、人間っていうのはそういうものなんだ。やめたり逃げたりすると、すぐに慣れて、癖がつくんだよ」

残念ながら、と言いながらも、父の顔もどことなく笑っているように見えた。それがこたえた。岸田くんのこと、よく思っていなかったんだ。岸田くん自体をよく思っていなかったのか、私にボーイフレンドができたことをよく思っていなかったのかはわからない。判断はつかなかったけれど、私はひどくショックを受け、腹を立てていた。

「岸田くんはそんな子じゃない」

強い口調で言い返した。そのときは、私が岸田くんを支えようと本気で思っていたのだ。

岸田くんは私の前ではにこにこしていた。

「有希ちゃんだけが俺の支え」

そう言って目を細めた。うれしかったけれど、好きだったサッカーをやめた気持ちを思うと胸が痛んだ。あんなに大事にしていたものをやめたのだから、その穴を何かで埋めなければならないだろう。いろんなものを穴に当てて、とっかえひっかえ試してみたらいいかもしれない。そう思いついたのに、変に気を遣ってしまってうまく提案できなかった。私には岸田くんのつらさがわかるはずもない。そう思ったのか、思おうとしたのか、すでに思い込んでいたのか。

岸田くんは短かった髪を伸ばし、少し太った。あっというまだった。言葉遣いが荒くなったようにも感じた。テストの成績もずいぶん落ちた。

私はどきどきした。岸田くんはいろいろなものをあきらめ始めている。ここでなんとかしなければ、と思うものの、胸の中の風船が萎《しぼ》んでしわしわになっていくのを感じていた。

神は信じないが、神が怖い。そう言ったという犯罪者の話を聞いたことがあったが、痛いほどわかる。

「今になんでもやめるようになるから」

母の言葉が何度も耳に木霊《こだま》した。そんな話は信じないが、その話が怖かった。いつのまにか母のその話に私は侵食されていた。

そのうちに私のこともやめるんじゃないか。どんどん投げやりになっていく岸田くんが心配だった。ああ、違う。心配するというのは、相手を親身に思うことだ。私は違う。なんでもあきらめるようになった岸田くんのことが嫌になったのだと思う。それを認めたくなくて、殊更《ことさら》に好きなふりをした。家で岸田くんのことを聞かれると、彼はなんにも変わっていないと言い続けた。

でも、長くは続かなかった。やさしかった岸田くんはもうにこにこしなかった。かっこよかった岸田くんは角を曲がってどこかへ行ってしまった。

しばらく経って、岸田くんと別れたことを話すと、ほらね、と母は笑った。

「それでよかったのよ」

そのときに感じた強烈な敗北感は今でも鳩尾《みぞおち》の辺りに残っている。敗けると強く殴られたような感じがするのだと初めて知った。私は物も言わずに唇を嚙みしめていた。私は母の罠にかかった。いつのまにか別れるように仕向けられた。そう思った。

ほんとうは、そうじゃない。足下で口を開けていた罠に、自分から両足を突っ込んだのだ。でも、それさえも認められなかった。

「やっぱりだめなんだね。ひとつやめたらどんどん逃げるようになる」

私はたぶん吐き捨てるような調子で言ったのだと思う。

突然、弟が後ろからぶつかってきた。線の細い小学生の体当たりでも、私の首はがくんと後ろに揺れた。

「何するのよ」

首に手をやりながら振り返ると、弟は目にいっぱい涙を溜めていた。

「なんであんたが泣いてんの」

「泣いてない」

弟は泣き虫だった。

「そっか、あんた岸田くんのこと好きだったもんね」

ふざけたふりして頭を撫でようとしたら、手を振り払われた。

「おねえちゃんは、好きじゃなかったのか」

低い涙声でそう聞かれた。

「子供にはわかんないのよ」

私にだってわからない。わかりたくなくて、考えたくもなかった。

「あの人、やさしかったよ。いい人だよ。僕は岸田くんが好きだ」

「やめてよ」

「やめなければよかったの？　やめたら逃げたことになるの？　あきらめちゃだめなの？」

「うるっさいな」

弟を払いのけた。泣かれたら、こっちまで泣きたくなった。

やめることと、あきらめることと、逃げること。ほんとうはそれぞれ別々のことかもしれないのに、ちゃんと考えたくなくて、全部ごちゃ混ぜにしてしまっている。ほんとうに逃げたのは私だ。弟はそれを見抜いていたのだと思った。

「岸田くんは悪くない」

「正幸、いい加減にしなさい」

しまいには父が弟を叱った。

「男が泣くな。みっともない。簡単に涙に逃げるな」

それは言いすぎだ、と思ったが黙っていた。弟はこちらに背を向け、肩を震わせていた。

あれが弟の見せた最後の涙だった。それ以降、泣くところは一度も見なかった。


目が覚めると、ソファで寝ていた。上半身を起こしたら、タオルケットが滑り落ちた。誰かが掛けてくれたらしい。夫か、子供たちか。

全部夢かと期待したけれど、そうではなかった。

「きっとだいじょうぶだから、あまり思い詰めないように。

何かあれば、いつでも連絡ください」

テーブルに夫の字で書き置きがあった。

身体が重い。喉が痛い。夢の中で、わあああっと叫んでいた。地団太を踏みながら。

岸田くんに謝りたい。今はどこでどうしているのか知らない岸田くん。ううん、それより謝りたいのは、弟にだ。私が悪かった。今ならあのときの矢継ぎ早の質問にも答えることができる。

「やめなければよかったの？　やめたら逃げたことになるの？　あきらめちゃだめなの？」

やめてもよかった。やめるのは逃げることじゃない。それはひとつの選択だ。でも、逃げたのだとしても、それでよかったのだ。逃げた先でいつかもっといいものに出会えるかもしれない。それを誰にも否定することはできない。あきらめてもいい。むしろ勇気の要ることだと思う。いくらでもあきらめて、また始めればよかったのだ。

私はほんとうにばかだった。考えるのを放棄して、すべてを岸田くんのせいにしようとした。どんどん逃げたくなるほど大事なものをあきらめたのだと、なぜ想像できなかったのだろう。にこにこしなくなったんじゃなくてできなくなったんだとなぜわからなかったのだろう。支えるはずの私が一足飛《いっそくと》びに離れていくのを、十七歳の岸田くんはどんな気持ちで見ていただろう。その一部始終を、なさけない姉の姿を、正幸は見ていた。できることなら、謝りたい。謝ってもゆるしてくれないだろうけど。岸田くん、ごめんなさい。正幸、ごめんね。

弟の贈賄の容疑が固まったらしい。

失踪する朝、愛人関係にあったらしい女性と会社の近くで話しているのが複数の社員に目撃されていたとも知らされた。

「その後、会社とは反対方向の駅の防犯カメラに写っているのが確認されています」

再度訪ねてきた警察の人が教えてくれた。無理やり連れ去られた形跡はなく、どうやら自らの意志でいなくなった可能性が高いという。

無事ならよかった、と思ったのだけれど、無事かどうかははっきりしたことはわからなかった。それに、よかったと口にするのは容疑者の姉として不謹慎な気がした。あのまじめな弟が浮気をしていたというのも意外だった。ばかだ。弟はばかだ。腹立たしかった。でも、なんとなく笑ってしまった。あの子が浮気を。どうしておかしいのか説明できない。夫には話したくない。もちろん子供たちにも。誰に話してもわかってもらえないと思う。

一度やめたらどんどんやめるようになると諭した両親は、とっくの昔に離婚していた。癖になるから逃げちゃだめだと言ったくせに、あっさり別れて、今はふたりとも他界している。岸田くんをかばって、私たち三人に泣いて抗議した弟は報われないだろう。

逃げるななんて、言えない。そんなことを言うのは、逃げなくてよかった人だ。無事に生き延びられたのは逃げなかったからではなくて、たまたま運がよかっただけかもしれない。逃げなかったせいで潰れた人はたくさんいるだろう。もっと厳しい目に遭った人、もっとぎりぎりの場所に立っている人のことは、他人にはわからない。弟はきっと、逃げるなと叱った父には想像もできなかった場所にいたのだろう。逃げてはいけないと思いながら逃げざるを得なかった。その孤独を思うと涙が出そうになる。

一度だけ行ったことのある弟のマンションを訪ねることにした。立場はまったく違う。浮気の話も御法度《ごはっと》だ。だけど、弟の奥さんとなら話せるんじゃないかと思った。可南子さん。穏やかそうな、でも芯は強そうな、きれいな人だ。口数が多くないから、あんまり話したことはない。こういうときには少しでも力になれることがあるんじゃないかと思う。駅の地下の商店街でバウムクーヘンを買って手土産にした。

駅から電話を入れたときに、なんとなくおかしい気はした。変だ、と感じた。でもその予感以上だった。

可南子さんは、亀みたいになっていた。雛人形のような印象の人だったのに、まるで別人だった。分厚い甲羅を背負っているように見えた。

どうぞ、と招き入れられた部屋は足の踏み場もない。唖然とした。警察の人が来るかもしれないのに、心配した実家のご家族だって来るかもしれないのに、こんなに散らかしているのは尋常ではない。どこかが壊れてしまっている、と直感でわかった。申し訳なさで居たたまれなかった。弟が壊したのだ。夫が事件にかかわって失踪するというのはこういうことなのだと思い知らされた感じがした。謝りたくて、謝りたくて、喉が震える。買ってきたバウムクーヘンは後ろ手に隠した。場違いだった。姉としてショックを受けたつもりでいたけれど、のんきすぎた。

ごめんなさい、と吐き出そうとしたとき、ベビーベッドで何かが動いた。赤ちゃん。ルイちゃんだった。

「かわいい」

不自然なほど甘ったるい声が出て自分でも驚いた。ルイちゃんが仰向けのまま顔だけをこちらへ向けてにっこり笑う。こんなときでも笑えるのは赤ちゃんぐらいだと思ったけれど、つられて私も少し笑っていたかもしれない。

「ルイちゃん、ほんとうにかわいいわ」

隣を見ると、可南子さんがまったくの無表情で立っていた。この人の中で嵐が吹き荒れていて、外側には防御壁しか残っていないのだと思った。

こんなに傷つくことを、弟はわかっていただろうか。それとも、そんなことを考える余裕もなかったのか。私には弟の身に起こったことが想像できない。奥さんを置いて、こんなにかわいい赤ちゃんまで置いて失踪するとは考えられなかった。

私は可南子さんのほうに向き直り、頭を下げた。

「ごめんなさい。正幸が、ほんとうにごめんなさい」

可南子さんは、いえ、と短く言ってうつむいた。それから、ぼんやりと顔を上げ、

「私はもう必要のない人間ということなんでしょうか」

必要のない人間なんていない。反射的に答えようとしたけれど、あまりにも嘘くさかった。

でも、人間なんてそもそも必要のない生きものなのではないかという気さえする。

でも、可南子さんは「もう」と言った。以前は必要のある人間だと思っていたということだ。たぶん、正幸にとって。たった、それだけ。正幸にとって必要があるかないか

での人の人生は反転するのだ。

質問のように聞こえるけれど、きっと可南子さんは答えを待っていない。そう思ったのに、じっとこちらを見ている。必要がない人間なのかと問いかけている。答えようがなかった。

「弟は、自分こそが必要のない人間だと思ったんじゃないかな」

苦し紛れに答えにもならないことを言った。必要のない人間なんていない。やっぱりそう言いたくなる。

「私はもう必要のない人間ということなんでしょうか」

まずい、と思った。可南子さんはさっきとまったく同じ台詞を繰り返した。頭の中をその問いだけがぐるぐる回っているのではないか。

「可南子さん、必要だから。絶対に必要。正幸にも、ルイちゃんにも、あなたは必要な人間だから」

説得力はなかった。必要なら、どうして弟はここへ帰ってこないのか。そこを問われたら返事ができない。そして、可南子さんはもうすでに何回も、何十回も、その問いを自分にぶつけているだろう。

「弟には、可南子さんが必要だし、ルイちゃんが必要だし、一緒に暮らしたいに決まっています。でも」

自分が言おうとしていることをうまく伝えられる自信はない。失敗したら、脆くなったこの人の心は砕けてしまうかもしれない。それでも、言ったほうがいいと思った。

「もう必要がないと思ったのかもしれないね」

可南子さんはじっと私を見つめている。

「すごく大事なものを、もう自分には必要のないものとしてあきらめなきゃならなかったなんて、どんなにつらかったかと思うの」

「どうしてあきらめなきゃならなかったんでしょう」

素朴な質問だった。弟に何かが起こった。贈賄と聞かされているけれど、個人的なものだとは思えない。会社ぐるみの犯罪の一部だったのではないか。実際にそう訴えている人もいるらしいことを警察の人がちらっと話していた。

「それは今はわからない。でも、弟があなたとルイちゃんを切り捨てるわけがない。切り捨てたとしたら、自分だったんじゃないかしら」

自分を自分で切り捨てて、もう自分にはどんないいものも必要がないものとして、手にしたり欲しがったりしてはいけないものとして、遠くへ投げ出したのではないか。

「私は待ちます」

不意に彼女が言った。

「ここでいつまでも待ちます」

けなげな台詞だと思った。ありがたいことだとも思った。ひとりで逃げた弟を待っていてくれるというなら姉としてこんなに心強いことはない。そう思うのに、首筋から肩、背中まで、石を置かれたように重くなった。

「待っていても帰らないと思う」

おそるおそる、でも正直に言った。

「知っています」

知っているのか。

気持ちがざらざらしている。胸の内側を目の粗いやすりで撫でられたような痛みを感じる。力の加減を間違えたら血が滲みそうだった。どうして。なぜ正幸が帰らないと知っているのか。

「でも待ちます。死ぬまで待っています」

「お願い、やめて。それじゃだめ」

彼女のためというより、弟のためかもしれない。死ぬまで待たれたら帰るに帰れなくなる。だいたい、誰が死ぬまで待つというのか。

「待つのは私の自由ですよね」

彼女の声の無表情さにぞっとする。

「ごめんなさい」

謝りながら、断っている。待たないで。この人をこんなふうにしたのは、弟だ。謝罪の言葉を口にしながら、ふと、弟を止められなかったのはあなたではないか、という思いが湧き上がる。あなたがここに引き留めておいてくれたら。

もちろん私はそれを言葉にしない。この人のせいではない。この人のせいにしても虚しいだけだ。

「何かできることがあったら、いつでも呼んで。お邪魔しました」

頭を下げ、玄関へ向かう。これ以上ここにいてもどうすることもできない。この母子を助けることも、あわよくば弟が残した手がかりみたいなものを見つけることも。むしろ、思いもしなかった彼女への怒りを見つけ、自分のずるさを知ったような気がした。もうずっと前から私はずるかったのだ。弟がもしも手がかりを残すとしても私にではなく、ほんの少し前まで雛人形のようだったこの女性になのだということも突きつけられた思いがした。

「神様は耐えられない試練は与えないそうです」

「え」

玄関で振り返って、可南子さんの白い顔を見た。そういえば、カトリック系の女子校の出身だと聞いた覚えがあった。神様は、耐えられない試練を、誰に。弟にだろうか。それとも、可南子さん自身の話をしているのだろうか。

その人に見合った試練というものがあるのか。理不尽ではないか。耐えられない試練がないのなら、どこまでも耐えなければならない。耐えられなくなったらどうすればいいのだろう。

「神様を信じてるの?」

私の質問に、可南子さんは首を傾げた。

「神様じゃなくて」

しばらく考えてから、言葉をつないだ。

「人間のほうを信じていたいです。これはそういう言葉だと思います」

うつむき加減に淡々と話す。この人は、強いかもしれない。弱いところのあった弟と、いい組み合わせだったのかもしれない。

「聖書は、続きます」

可南子さんが、小さく笑ったように見えた。

「神様はまた逃げ道をも用意してくださる」

逃げ道。どこに。弟はちゃんとその道を走っていけただろうか。

靴を履いて、ドアを開ける。外廊下の向こうに、水色の空が見えた。空は晴れているのに小糠雨《こぬかあめ》が降っていた。

「狐の嫁入り」

彼女がつぶやいた。

晴れているのに雨が降っている。弟そのままだった。涙を封印するようになって、顔はにこにこしていても、心の中に雨を降らせていた。

「雨が降っているのに、空は晴れてるんですね」

彼女が言い、私は彼女の顔を振り返る。亀じゃない。雛に見えた。

雨が降っているのに、晴れている。そういう捉え方もあったのか。たとえ涙を流しても、ほんとうは晴れ晴れした気持ちでいたことも、もしかしたらあったのかもしれない。

一礼して、玄関を出る。

弟のことは、わからなかった。わからなかったということがわかった。

帰らない人を待つのはつらいだろう。でも、逃げるのもつらい。どんなに大変なことがあったのかはわからないけれど、ひとりで逃げ続けるのはまったくの孤独だ。早く帰ってきたほうがいい。人のためではない。可南子さんとルイちゃんのためではなく、もちろん私のためでもない。正幸自身のためだ。

「待っててくれるって」

明るい空を見上げて、言ってみる。もうすぐ雨も止むだろう。この空の下のどこかに、弟はきっと生きている。早く帰っておいで。

第四話

彼女が転校してきたのは三年生の十一月の終わりだった。春でもなく、夏休み明けでもない、こんな時期に転校生だなんてめずらしいなと俺は思った。思っただけだ。めずらしいとは思ったものの、それ以上何かを考えたわけじゃない。人にはそれぞれ事情がある。首を突っ込んでもしかたがないだろう。

「よろしくお願いします」

きちんとお辞儀をした彼女は利発そうな目をしていた。

「こちらこそ、よろしく」

俺が言うと、ほんの少し微笑んだ。かわいい子だ、と思った。もちろん、これも思っただけだ。

近頃の小学校では、子供を呼ぶときには苗字にさん付けだ。男子でも女子でも、褒めるときでも叱るときでも、どんなときでもだ。教頭からかなり厳しく言いつけられている。俺もべつに子供たちと親しくしたいわけではないから、さん付けを徹底しているのだが、同じ三年生の隣の学級では、子供によっては下の名前で呼んだり、気の利いたあだ名で呼んだりしていることも知っている。円滑な学級運営のために果たしてどちらがいいのか、正解はわからない。ただ、子供によっては、というところが問題だと俺は思う。全員を呼ぶわけではないというのが不平等ではないか。どういう基準で、下の名前で呼ぶのか。あだ名で呼ばれてにこにこ笑っている子供がほんとうによろこんでいるのか。俺には自信が持てない。それなら無難に、苗字にさん付けでいこうと思うのだ。

「望月さん、戸籍の正式な名前は漢字になってるけど、普段は片仮名を使ってるってお母さんから聞いてるんだ。それで、いい？」

「はい」

最近は、やたらと難しい漢字を当てた名前も多いが、本人に書けないからという理由で平仮名で通す子もいる。本人は自分の名前に漢字があることを知らなかったという場合さえある。その点、望月さんはきちんと把握しているようだった。

「お母さんが片仮名にするようにって言いました」

それで俺は、転校初日、望月ルイ、と黒板に大きく書いた。

「よろしくお願いします」

望月さんは自分の名前の前で、丁寧に頭を下げた。

クラスはざわめいていた。季節外れの転校生。しかも、東京から。めずらしがっているだけでもなさそうな、なんとなく不穏な気配があった。

一日、二日と経つうちに、それが濃くなっているような気がした。

望月さんには問題はなかった。強いて問題点を挙げるとするなら、やはり、彼女がかわいかったことだろう。かわいいのに、無口。利発そうなのに、無口。三年生といえば、どんどん目立ちたがる年頃だ。望月さんは目立とうとしていないのに、かえって目立った。何かあるんじゃないか、と思わせるものが大人の目から見てもどこかにあった。それが、一部の女子の不評を買った。

燻《くすぶ》っていたそれが膜を突き破って現れたのは、望月さんの側の、失敗とも言えない些細な失敗が原因だった。

給食を終えた昼休み、もうすぐ五時間目が始まるというときだった。

「東京から来たんやろ。なんで？」

なんでわざわざこんな田舎に、くらいの意味だったと思う。隣の席の拓哉《たくや》のその質問に悪意はなかった。拓哉——三崎《みさき》拓哉は幼い男子児童の中でも特に幼い印象がある。純粋な好奇心からの質問だったからこそ、彼女はうっかり喋ってしまったのだ。

「お父さんがテレビに映ってたから」

彼女の答える細い声が、すぐ前の教壇にいた俺の耳にも届いた。

テレビ？　何の話だ？　小学三年生というのはまだまだ自分の思っていることと口に出すことの間に乖離がある。言葉が思いに追いつかないのだ。だからおもしろい、という見方もできるし、だからめんどうくさい、とも言える。

「へえ、望月さんのお父さん、テレビに出たんだ。そりゃすごい」

俺の気持ちは、だからめんどうくさい、だ。さらに言うなら、べつにすごいなんて思っちゃいない。テレビといったってピンキリだ。俳優として出ることもあれば、街頭インタビューを受けただけでもテレビに出たことになる。でも、せっかく教えてくれたんだから、感心したふりくらいはしたほうがいいだろう。そう思いながらも、違和感は残った。何か、どこか、おかしい気がした。

ふと、望月、という苗字の負のイメージに気がついた。初めて好きになった人の名前がいつまでもいとおしく感じられるように、あるいは誘拐事件の被害者の名前が悲しい響きをまとって記憶に刻まれるように、名前にはどうしてもイメージがつきまとう。

身近に、望月という人はいない。少し考えて、思い当たった。何年か前の、商社の大掛かりな贈賄事件の主犯とされた人物の名前だった。特段めずらしい苗字でもないから、もちろん、転校生の望月ルイとは関係のない「望月さん」の話だろう。俺の記憶に引っかかったのは、当時——たしかもう七、八年前になるだろう——はめられた感が痛々しくて、しばらく熱心にニュースを追ったせいだった。

会社のスケープゴートとなった「望月さん」は営業部長として贈賄の責任を押し付けられ、ありもしない愛人疑惑まででっち上げられ、追い詰められていった。まじめそうな優男《やさおとこ》「望月さん」の写真はもちろん、当時はテレビで派手に報道されたのだ。政治家の汚職とも絡んでいたらしく、若くてきれいな女性が告発者として会見場でフラッシュを浴びる姿が何度も流された。裸で寝ている写真を撮って脅しに使ったという別の女性が登場し、懺悔の告白をして、報道はさらに過熱した。

嫌な事件だった。こうやってひとりの人間が追い込まれていくのだと背筋が凍る思いがした。誰も死んではいない。「望月さん」以外は。彼は、その後も消息不明のままだ。生死もわからないが、たとえどこかで生きていたとしても、社会的には抹殺されたようなものだ。少なくとも、大手商社勤務の順風満帆な「望月さん」はもういない。

規模は違う。次元も違うが、俺は自分自身に重ねて一連のニュースを見ていたのだった。

「お父さんがテレビ出たってほんと？　何の番組？」

川原乃愛《かわはらのあ》と南里香子《みなみりかこ》と小島美波《こじまみなみ》が、望月さんを取り囲んでいた。だからめんどうくさい、の典型だ。小学三年生だからといって侮れない。たかだか八歳や九歳ですでに明らかに女を感じさせる子もいる。彼女たちもただの無邪気さで転校生を囲んでいるのではないように見えた。望月さんは萎縮したらしく、口を真一文字に結んだまま三人の顔を見ていた。

「ドラマ？　バラエティ？」

望月さんは小さく首を振った。隣の席から拓哉が、

「アニメ？」

と聞いて、乃愛たちに鼻で笑われている。

「ニュース」

小さな声だった。

「テレビのニュースに出たんだな」

望月さんの発言を補強してやりながら、あっ、と思った。母子家庭のはずのこの子の言う「お父さん」が、実の父親なのか、それ以外の人物なのか、まずはそこからわからない。そして、ニュースのどこにどんなふうに出たかでも話は変わってくる。まさか贈賄事件とは関係はないだろうが。

「アナウンサー?」

乃愛が聞いた。望月さんが小さく首を振る。

「映ってたの。後ろに」

女子三人が顔を見合わせ、肩をすくめている。

「蟹のニュースで」

「ええ?」

望月さんの声はだんだん小さくなった。乃愛の態度がそうさせていた。

「望月さんのお父さん、蟹のニュースの後ろで何やってたんや」

拓哉がおもしろそうに聞いた。こいつなら、取材のテレビカメラがまわっている向こうでジャンプしながらピースくらいはするだろう。

「……だけ」

「なあに？」

消え入りそうな望月さんの声に、問い質すような乃愛の声が被さる。

「……通り過ぎただけ」

今度こそ、乃愛の勝利だった。

「はあ？」

乃愛と里香子と美波とで笑う。つられて拓哉も笑った。ここで望月さんも笑ってくれればよかったのだが、そんなにうまくは事が運ばなかった。だいたい、三年生クラスを持っていると、うまくいくようにと願うことがばかばかしくなる。九割九分はうまくいかないのだ。

望月さんは真っ赤になってうつむいた。

「うちの父ちゃん、去年、交通事故してニュースに名前出たぞ」

拓哉が自慢げに言う。

「車、前んとこがぐっちゃぐちゃに潰れてもたんや」

トラック運転手だった拓哉の父親は怪我だけで済んだ。しかし、入院が長引き、勤め先を解雇されて失業中だと身上調査書には記されていた。

「お父さん、元気になってよかったなあ」

半ば強引に話を変える。クラスの女子主力派の、転校生に対する値踏みはどうやら終わったようだ。いつも思うのだが、自分が小学三年生だったとき、まわりの女子はこんなだったのか。それはたとえば自分がまだアオムシで、まわりのことなんか何も見えずにただ這って食って寝てただろう頃に、すでにサナギくらいにはなっていたということだ。成長だか進化だかの仕方がまるで違う。もしもサナギに追いついても、羽化してみたらきっと彼女たちとは別のムシになっているのだ。

乃愛たちがもう別の話題に笑いながら自分たちの席に着いたのに対し、拓哉は俺の顔を見上げて声をひそめた。

「父ちゃん元気になったけど、ようお酒飲むようになって、母ちゃんと喧嘩ばっかりしてる」

ここもめんどうくさい展開だった。災難だったな、と言おうとしたのを俺の理性が抑える。突き放しすぎるのもよくない。

「三崎さんは大変だな。きっとお父さんもつらいんだと思う。しばらくやさしい気持ちで見守っててごらん。そのうちに落ち着いて、また元のお父さんに戻るんじゃないかと先生は思う」

拓哉は大まじめな顔になってうなずいた。みんなに拓哉と呼ばれている、まだあどけない顔。

何が「先生は思う」だよ。まったく保証もない体裁のいいことを言っただけだ。拓哉はいつまで見守ればいいのか。父親がさらによくない状態になってもやさしい気持ちで見守り続けるのが自分の役目だと思い込んでしまわないか。

ほんとうに困ったら先生のところに相談においで。

それぐらいは言うべきではないのか。それだって逃げが入っているのだ。「ほんとうに困ったら」とはどれくらい困ったときなのか、我慢強ければ強いほど「ほんとうに」の意味を考えすぎてしまうのではないか、と思う。

いずれにせよ、俺は何も言わない。拓哉にも言わないし、乃愛にも里香子にも、望月さんにも言わない。問題を起こさないよう、深く物事にかかわらないよう、慎重に息をひそめている。


待ち合わせの店に着くと、すぐに谷川《たにがわ》先生は現れた。ブルーグレーのスーツがいかにも古めかしくて、先生の質素できまじめな性格を表しているように見える。ごめん、待ったかな、と人のよさそうな笑い皺をつくって向かいの席にすわった。

「いえ、今来たところです」

俺が言うと、

「ビールにしますか？　何か適当につまめるもの頼んで」

おしぼりを広げながら、にこにことメニューを眺める。

「忙しいのに、すみません」

「何言ってるの、須藤《すどう》先生。たまにはいいじゃないですか。ああ、このお店、手づくり豆腐がうまいらしいですよ」

谷川先生は、ベテランの学年主任だ。近々教頭試験を受けるらしい。校内だけでも山ほどの仕事を抱えながら、校外の会議にもしょっちゅう出向いていく。俺がここの小学校に転任になって以来、何かと気にかけてくれる面倒見のいい先生でもある。年に一度か二度、こうして飲みに誘ってくれている。

「最近は、どうですか」

何品か注文し、ビールで乾杯した後に、谷川先生はおもむろに切り出した。

「転校生、慣れましたか」

「ええ、今のところ、問題なく少しずつ慣れていってるかなと」

谷川先生は穏やかにうなずいた。

「須藤先生ならきっとうまくやれますよ」

谷川先生はやさしい人だ。でも、たぶん、それだけでもない。

俺は新卒で赴いた小学校を二年で辞めている。辞めさせられた、のほうが近い。二年で休職し、次の年に異動という形でこの学校へ移った。それを知っていて、いろいろと気にかけてくれているのだと思う。

「転校生が来ると、良くも悪くも学級が変わりますからね。特にうちは転入の少ない地区だから、ものめずらしさでしばらくは大変かもしれませんが」

「はい」

望月ルイの顔を思い浮かべる。だいじょうぶ、しっかりした子だ。できるだけ気は配るが、特別扱いはしない。

「だいじょうぶですよね、須藤先生」

おすすめだという手づくり豆腐に箸を伸ばしながらの何気ない念押しが、胸にのしかかる。ほんとうに何気なく言っているのか、何気なさを装っているだけなのか、読めない。

前任の小学校でのことを、どこまで知っているのだろう。ほんとうのことを知ってほしい、という気持ち。どうせわかってはもらえない、というあきらめ。俺の気持ちはすぐに折れる。どうせわかってはもらえないのだ。

ひとりの児童にかまいすぎて、あらぬ噂を立てられた。問題の多い児童だった。最初は叱っていたが、叱っても無駄だということに気づいた。家庭が混乱しており、生きていくだけで精いっぱいで学校どころではなかったのだ。さまざまな面倒を見るようになった。きちんと相談すべき場所へ相談すればよかったのに、自分がなんとかしてやれると思ってしまった。それが間違いだった。

贔屓している、と陰口を言われているうちはまだよかった。度が過ぎている、小児性愛の対象として見ているのではないか、と噂はどんどんエスカレートした。そうではないのだ、他の子よりも手をかけてあげないといけない子なのだ、と説明したが、誰にも聞いてもらえなかった。俺のほうにも躊躇があった。家庭が崩壊している子なのだ、と大っぴらにしたくなかった。親にまともに育ててもらえていないのだ、幼い背中にたくさんの問題を背負わされているのだ、という部分を言うのがつらかった。そんな躊躇をしている場合ではなかったのに。

保護者たちからの集中砲火を浴び、同僚たちからも距離を置かれ、俺はだんだん追い込まれていった。何より、担任している子供たちからの冷たい視線がきつかった。正真正銘、子供のためにがんばっているつもりだった。それが、だんだんわからなくなった。単に同情して肩入れしているだけではないのか、自分でも判断がつかなくなってしまった。力が足りず、やがて疲れ切ってしまった。

人の噂も七十五日、などという。でも、七十五日も叩かれ続けたら、まいってしまう。七十五日もあれば、ひとりの人間の神経を擦り減らせて立ち上がれなくするにはじゅうぶんなのだ。

俺は結局、誰のことも守れなかった。誰のことも救えなかった。もちろん、自分のこともだ。敗北感だけが残った。

「須藤先生は守りが堅いから」

谷川先生の言葉に、いえ、と短く返事をする。少なくとも自分を守らなければ、子供たちを守ることもできない。子供たちにやさしく接したくても、まずは信頼がなければできない。そのためには、叩かれないように、できる限りフラットでいようと思う。

「もう少しオープンに接してもいいんじゃないかなあ」

親切で忠告してくれているのはわかる。忙しい中、誰かに頼まれたわけでもないだろうに身銭を切って俺と飲んでくれる。ありがたいし、申し訳ない気持ちにもなる。だけど、監視されている気分を拭えないのも事実だ。前のような失敗を犯さないよう、見張られているのではないか。

「先日、研修会に出たら、前の学校で須藤先生を知っているという先生に会ってね」

顔が強張るのがわかった。

「元気にやってますかと聞かれたから、ええ、元気ですと答えておきました」

前の学校での話は聞きたくない。狭い市内、狭いネットワークだ。いつかはどこかで誰かとまた顔を合わせることになる。でも、今はまだ気持ちの準備がない。

「須藤先生のことを、すごく熱心ないい先生だったと懐かしがっておられました」

「それはないです」

強い口調で否定する。いい先生にはなれなかった。それは前の学校にいた全員が知っていることだ。

「泉野《いずみの》先生って覚えてますか。私には本気で須藤先生をほめていたように見えましたけどね」

谷川先生はそう言って、ビールのグラスを空けた。

「嘘です、そんなの」

子供っぽい言い方だと自分でも思った。平静ではいられなかった。泉野先生のことは覚えてはいるが、挨拶程度しかしたことはない。もしもほんとうに熱心でいい先生だと思っていてくれたなら、うれしいような、それならどうしてどん底にいたあのときにひとこと言ってくれなかったのかと恨みたいような、揺れて落ち着かない気分になる。

「前の学校で、たくさんのことを学びました。これからは、その経験を活かして、フラットな、公平な、先生でいたいと思います」

フラットでいなくちゃいけない。それはもはや強迫観念に近い。学校の先生として以前に、安全に、堅実に、生きていくための教訓だ。

うーん、と谷川先生は小さく唸る。

「公平であるためには、実際に子供たちひとりひとりにかける労力は公平ではないこともままありますね。ジレンマですが。手をかけなければならない子供には惜しまずにかける。それが、公平ということだと私は思います」

「わかります」

でも、俺は受け入れられなかった。それは贔屓だと非難された。子供の家を訪ねている写真を盗撮されて、証拠として教育委員会へ送りつけられた。そこまでするのか、と愕然とした。はめられた、と感じた。誰も信用できなくなった。日々を悶々と過ごした。

「もう少しだけ自信を持ってもいいと思いますよ」

何に自信を持てばいいというのだろう。俺には何もできなかった。

「須藤先生は、どうして小学校の先生になろうと思ったんですか」

どうして。何も浮かばなかった。もうずっと考えることを拒否していた。どうして小学校の先生になったのか、今は、自分の中に答えはない。

「初志貫徹という言葉があるじゃないですか」

眼鏡を外しておしぼりで拭きながら、谷川先生が言う。

「こういう現場にいると、初志を貫徹することが必ずしもいいとは限らないと思いませんか。人は生きて動いていく。志も生きて動いていくんです。理想だと思っていたことが、そうではなかったのだとわかる場合もあります。生きて動いている人が百人いれば百通りの理想があるんじゃないかと思うようになりました」

眼鏡をかけ直し、ほんのりと赤らんだ顔を上げた。

「でもね、それでも、ときどき、初志を思い出すことです。青いなあとか、甘いなあとか、笑ってやるんです。初志ってやつは、青くて、甘くて、まぶしく光ってますからね。ま、そうやって、初志を思い出しながら、私もなんとかこの仕事を続けてきました」

谷川先生。初志も思い出せないような俺につきあってくれて、ありがとうございます。

久しぶりに胸が熱くなりかけたけれど、フラットに、フラットに、と自分に呪文をかけながらビールを飲んだ。


翌朝、教室へ行こうと職員室を出たときのことだ。先生、と呼ばれてふりむいた。望月さんがランドセルを背負って壁にくっつくようにして立っていた。俺を待っていたのだ、とわかったのは、彼女が小さな手を開いてこちらへ出したからだ。

差し出された手には何も載っていなかった。

「どうした？」

何かを渡そうとしたんじゃないのか。俺に見つめられた手を、望月さんは静かに下ろした。

「どうかしたのかな」

なるべくやわらかい口調を心がけて、聞き直す。

彼女の小さな丸い頬がさっと赤く染まって初めて、はっとした。何かをくれようとしたんじゃない。手をつなごうとしたんだ。

しっかりした子のように見えたけれど、そうではないのか。まだ幼いのか。

俺はためらった。できるだけフラットに、と思う。担任がひとりの児童と手をつなぐわけにはいかないだろう。

「少しは学校に慣れた？」

望月さんの肩をぽんと叩き、わざと明るい声を出す。彼女は手を伸ばしたことなどなかったかのように、

「はい」

しゃきんと姿勢を正した。

そのとき、胸を圧迫されるような衝撃を感じた。望月さんの姿が二重写しになって見える。思わず目を擦りそうになるが、錯覚ではない。俺だ。いつかの俺だ。思い出したくない。見たくない。おそるおそる出した手を引っ込めて、素知らぬ顔をする。傷つきたくないからだ。あの子はあれだから、と声まで聞こえてくるようだ。耳を塞ぐ。あまりにも必死で、あまりにもけなげで。

声もかけられないでいるうちに、望月さんは小さく会釈をするとランドセルをカタカタと鳴らして教室へ走っていってしまった。職員室前の廊下に立ち止まったまま深呼吸

をする。望月ルイ。ほんとうの名前は漢字で、涙。望月涙。名前にどんな意味が込められたのだろう。彼女は小さな身体に何を抱えてきたのか、俺はそれも見ないふりをするのか。

胸の動悸が治まらない。しかし、子供たちが待っている。朝の会を始めなければならない。もう一度深呼吸をして歩き出す。


クラスになんとなく不穏な空気が漂っているのは気づいていた。まだ小学三年生だ。担任がぎゅっと締めれば教室はまとまるよ、と先輩教師には指導を受けている。荒れる前に分別を叩き込まなきゃいけない、と。でも、どうやって？ ぎゅっと締めるなどと簡単に言うが、その「ぎゅっ」の加減がむずかしいのではないか。

それ以前に、俺によって締められる教室、そこに萎縮してすわっている子供たちの姿を想像することを、俺の脳が拒否している。誰かを締めなきゃいけないなんて、誰かに締められなきゃいけないなんて、まっぴらだ――湧き上がる感情は久しぶりだった。

「須藤先生は、どうして小学校の先生になろうと思ったんですか」

谷川先生の言葉がよみがえる。まったくだ。どうして小学校の先生になんてなったんだろう。

帰りの会の教壇から教室を見渡す。俺が立っていてもおかまいなしににぎやかな教室。

平気で歩きまわる子供たち。もうすぐ下校時間だ。他の学級と揃っての集団下校に間に合わせなければならない。

「なんでいつまでも制服着て来《こ》んの？」

美波が大きな声で望月さんに尋ねていた。

「まだできてないから」

望月さんが机の中の教科書類をランドセルに片付けながら答える。

「遅っ」

女子数人が一斉に笑う。転校前の学校には制服がなかったらしく、望月さんは私服で登校している。その服が、問題だった。急な転校で制服が間に合わなくて、と頭を下げた望月さんの母親に、華美にならない服装なら問題ないと説明した。標準服に近い服装で来てくれるものと思った。望月さんの服装は、少しかわいすぎた。

「望月さんの父ちゃんはテレビに出たんや」

いきなり拓哉が言った。かばったつもりなのだろう。それが逆効果だとも知らずに。

「そうやったね」

おもしろいことを思い出したと言わんばかりの顔で里香子がうなずく。

「蟹の後ろに映ってたんやったね。通り過ぎただけやったっけ？」

望月さんがうつむく。それを見て、拓哉が、しまった、という顔になる。

「なんやし。拓哉、望月さんが好きなんか」

「うわあ、拓哉は望月さんが好きなんや」

周囲がおもしろがって囃したてる。

「はい、そこまで」

俺は苛立ちを抑えて極力のんきそうな声を出した。

「帰りの会、始めるぞ」

事を荒立てないほうがいい。しばらくは望月さんを注意深く見ていよう、と思う。それも、まわりに気づかれないよう慎重にだ。贔屓されていると噂されることは、子供にとっては屈辱だ。新たな諍いの種にもなる。

「そもそも、なんでお父さんがテレビに出てたら転校して来なあかんの？　お父さんなんてテレビで見んでも家にいるもんやろ」

乃愛が言い放った。はい、そこまで、と間に入った俺を完全に無視した形だが、腹が立ったのはそこではない。

「お父さんテレビで見たとか、意味がわからんわ」

乃愛はそう言って、同意を求めるように周囲に笑いかけた。望月さんは黙っている。家に父親がいない子は他にも何人かいる。乃愛はそれを知っていて、それでも自分を優位につけるための方策として父親を使った。

「もしかして、望月さんとこってお父さんいないの？」

わざとらしく小首を傾げたポーズで乃愛が聞いた。

「謝れ」

大きな怒声に、子供たちが一斉にこちらを向いた。

なんだ、何を言っているんだ俺は。落ち着け、落ち着け、と思うのに、口が勝手に動いた。

「謝れよ、ルイに」

ルイ、と呼ばれた望月さんがびくっと身体を震わせる。驚いただろう。これまでずっと望月さんだったのがいきなりルイだ。俺も驚いた。もしかしたら望月さんよりも驚いていたかもしれない。

乃愛たちも驚いたようだ。謝れと言われて、身動きもできずにいる。もう少し大きくなっていれば開き直ることもできたのかもしれないけれど、まだ幼い。普段穏やかな俺の豹変にただただ驚き、固まってしまっている。

「言っていいことと悪いことがあるの、わかるだろ」

なんとか穏やかに繕った声を聞いてほっとしたのか、美波がしくしく泣き出した。

「泣くようなことじゃない」

俺は言った。それが引き金になったように、里香子も泣き出す。めんどうくさい。普段ならここで冷める。ばかばかしい、こんな子供相手に本気で叱ることもない。でも、今日は違った。

「泣けば済むと思っちゃだめだ」

泣いて済ませてしまえば、この子たちはおかしなスキルを身につけてしまう。困ったら泣けばいいと学習してしまう。

「逃げちゃだめなんだよ」

くらっと軽いめまいを感じる。逃げちゃだめなんだよ。それは、誰の台詞だ？　俺がこの子に言える言葉か？　逃げてきたのは誰だ？

「なあ、小島さん、南さん。嫌がらせって楽しいか。ぜんぜん楽しくないだろ」

それから、ふりむいて乃愛を見た。乃愛は泣いていなかった。その目に浮かんでいるのは涙ではなく怒りだ。

「自分が間違っていたと思ったら、謝るんだよ」

謝る相手がいるならましなんだ。相手がゆるしてくれても、くれなくても、謝ることができればまだいいんだ。大概は、謝る機会さえ与えられない。失敗したらそれで終わりだ。

そんなことはもちろん言えない。膝を折り、乃愛の小さな顔の前でしゃがむ。俺が何も言う前に、乃愛は口を開いた。

「私、望月さんは嫌い」

調子に乗ってるんじゃねえよ。そう言いたいのをぐっと堪えた。嫌いかどうかなんてどうでもいい。わかっている。どうして嫌いなのか聞いてほしいんだろう。でも俺は絶対に聞かない。教室で、級友たちが大勢いる前で、名指しで嫌いだと言う、その効果をこの子はよく知っているのだ。さらに、嫌いな理由まで挙げれば、級友たちの幼い心理に刻み込まれる。

「望月さんてねえ」

笑みさえ浮かべて乃愛が何かを言いかける、その顔が、冬のリスみたいに見えた。普段のリスはかわいらしい。だけど、冬のリスは別だ。冬眠に入る直前の、餌を必死に集めるときのリスは、どんなに近しい相手にも毛を逆立てて牙を剝く。

「川原さん」

俺が厳しい声を出したのと、望月さんが言ったのが同時だった。

「私も川原さんが嫌い」

毅然とした声だった。望月さんもリスだったのか、と目が覚めるような思いでその顔を見る。精いっぱいの牙を剝いているのか。

「川原さんは意地悪で、頭が悪い。近寄らないで」

それを聞いた乃愛はもうリスではなかった。もっと獰猛な、野生動物だ。止める間もなく、乃愛は望月さんに飛びかかり、その瞬間にはもう頬を爪で引っ掻いていた。わあっ、と声が上がる。俺は乃愛の身体を押さえて、望月さんから引き剥がす。望月さんが頬を手のひらで押さえている。ちきしょう。失敗した。三年生だった。まだ身体を張って喧嘩する動物だった。

望月さんは顔を真っ赤にして立っている。左手を頬から離すと、目の下に縦向きに傷ができて血が流れていた。わあっ、とまた声が上がる。里香子も美波も泣きやみ、興奮した面持ちで望月さんと乃愛の顔を見比べている。

「あんたなんか来んとけばよかったんや」

俺の腕に押さえられながらもまだ乃愛が叫ぶ。望月さんが両手で顔を覆って大声で泣き始める。これは思ったよりも大ごとだ、と俺はようやく痛感した。

「望月さん、保健室へ行こう」

乃愛の手首をきつく摑み、反対側に望月さんを抱えて教室を出る。

「みんな、しばらく教室で待っててくれ」

廊下を三歩も歩かないうちに、蜂の巣をつついたようだった教室がさらに騒然となったのがわかった。ああ、もうだめだ。ぜんぜんだめだ。俺には力がない。クラスをまとめるどころか、目の前の喧嘩ひとつ止められない。大ごとになればなるほど、立場が悪くなるのは望月さんだ。フォローしなきゃいけないのに、事態を悪化させている。

保健室に着くまでの間、俺はずっと、だいじょうぶ、だいじょうぶ、と繰り返していた。

「だいじょうぶだから」

何がだいじょうぶだと言うのだろう。

「その傷、治るから」

泣きじゃくる望月さんに声をかけ続けた。ほんとうは、俺自身がだいじょうぶだと思いたかっただけだ。望月さんの傷は治る。乃愛とも仲よくやれる。クラスはまとまりを取り戻す。——そんなことはありえない、だいじょうぶじゃない、といちばん知っているのが俺自身だった。

幸い、傷自体はたいしたことはなかった。目の下一センチのところから縦に二センチ強、爪で引っ掻かれて皮が剥けている。もしかしたら痕が残るかもしれない、というベテランの養護教諭に望月さんを預け、乃愛を連れたまま職員室へ応援を頼みに行く。三年二組の帰りの会を代わりに引き受けてくれるよう学年主任に頼み、それから望月さんと乃愛のそれぞれの家に電話を入れなければならない。もう、子供が渋々謝って済むような問題ではない。渋々にしても乃愛は謝らないかもしれないが。

結局、二軒とも電話はつながらなかった。緊急連絡用に知らされている携帯にかけて、留守電にメッセージを入れても、電話はかかってこなかった。

どうしても謝らない乃愛をしかたなく帰し、望月さんを家まで送っていく。電話に出なくてもお母さんは家にいるはずだと望月さんが言うのだ。突然担任が訪ねていくのは憚られたが、インタフォン越しにでも話をさせてもらえればいいと思った。

望月さんの家は、地図でしか知らなかった。学校からは最も遠い地区だった。並んで歩きながら、望月さんはほとんど喋らない。まだ意気消沈しているのだろう。ランドセルを持ってやると言っても首を横に振り、うつむき加減に歩いた。

「傷、痛いのか」

俺が言うと、首を斜めに傾けた。まあまあ痛い、といった感じか。

「止められなくて悪かった。ごめん」

謝って楽になろうとしているのか、という考えが頭をよぎった。止められなくて悪かったとほんとうに思っている。ただ、ここで謝るのは少し調子がよすぎる気がした。もっとがんばれば止められたはずだと思っているかのようだ。予測がつかなかったのだから止められた可能性は低い。それなのに、謝る。どこを反省し、何を後悔しているのか。

「川原さんは、うちのことを知ってる」

小さな声だった。前を向いたまま望月さんは言った。

「どうしてお父さんがいないかも知ってる。それを何度も言う」

ひとりごとみたいな口調だった。

そういえば、テレビに映っていたと言っていた。あれが関係あるのか。望月さんが転校してきたのは、そのせいなのか。

そうだとしても、俺が事情を聞くようなことだろうか。この子はそれを求めているだろうか。歩くたびに、茶色がかった短い髪が弾む。もしもこの子が望んだとしても、きっと母親は嫌だろう。父親のほうも拒むだろう。

「お父さんはどこかに行っちゃったんです」

赤いランドセルのベルトに両手をかけて歩きながら、望月さんは淡々と言う。この辺の子は、この季節にはほとんど長ズボンだ。望月さんのスカートはそれだけで目立った。

「赤ちゃんだった頃のことだから、私は平気なんですけど」

「うん」

「お母さんが捜してるの……捜してるんです」

「うん」

「うちはテレビはいつもつけっぱなしなんです。観てたら、お父さんが映ってたって。すぐにお母さんがテレビ局に電話して、今のニュースの場所を教えてくださいって言って、それから急いで」

嫌な予感がした。俺は隣を歩く小さな女の子を見下ろす。

「もしかして、それから急いで引っ越してきた、とか」

望月さんは黙ってうなずいた。一気に気持ちが重たくなった。ただでさえ、沈んでいたのに。

望月さんの母親はたまたま観ていたテレビの画面の中に夫の姿を見つける。たしか、蟹、と言っていた。きっと蟹漁の解禁のニュースでもやっていたのだろう。浜で、もしくは漁協で蟹漁解禁のリポートが行われ、そこを何年も前に失踪した父親が通り過ぎる。ほんとうにただ通り過ぎただけかもしれない。その近くに住んでいるとは限らない。それでも母親はすぐに場所を特定し、夫を捜すために引っ越してきた。それが先月のことだ。蟹漁の解禁日は――と考えてぞっとした。蟹の解禁日も、先月だった。

「いけないことだって知らなかったんです」

望月さんが言った。

「何が?」

「お父さんがいないこと。ううん、お母さんがお父さんを捜してること。あと、テレビ観て引っ越してきたことも」

「いけないことじゃないよ」

俺が言うと、望月さんは顔を上げて俺を見た。目のすぐ下のガーゼが痛々しい。

「黙っていればよかった」

たしかに、何も言わなければ、乃愛や里香子にからかわれたり嫌がらせを受けたりすることもなかったかもしれない。

「でも、いけないことじゃない」

もう一度繰り返した。ふと気がついて質問してみる。

「引っ越しは、初めて？」

予想通り、望月さんは首を横に振った。

「三回目です」

「いつも、テレビを観て？」

「ううん、こないだは占い師さんに方角を決めてもらったって言ってました」

お父さんがいる方角、ということだろうか。

「あと、最初のマンションは、家賃が高かったそうです。引っ越したくなかったけど、しょうがなかったって」

主《あるじ》がいなくなって、払えなくなったということか。大人びた物言いをする。両親に振りまわされるこの子が不憫だった。

「あ、ここです」

望月さんの指した家は木造の古い二階建てアパートの一階だった。壁には二階まで蔦が這い、階段部分の風避けのトタンが破れて落ちかけている。

望月さんはポケットから鍵を取り出し、薄っぺらいドアを開けて中へ入った。しばらく待っていると、中から望月さんが顔だけを出した。

「すみません、今日はお母さん調子が悪いみたいです」

「えっと、体調が悪いの？ 病院は行った？ よかったら手伝うよ」

望月さんは無言で首を振った。だいじょうぶか。無理するな。何でも言ってくれ。

――何と言えばいいのかわからない。これまで何も言ったことがなかった。

「何か先生にできることあるかな」

自分の無力さ加減がつくづく嫌になる。何かできることがあるかと九歳児に聞く先生などいるだろうか。

望月さんはふたたび首を振った。急いでポケットの手帳を出し、携帯の番号を書きつけたページをちぎって望月さんに手渡す。

「何かあったら、いや、何もなくても、いつでも電話して。お腹空いた、とかでもいいよ。俺、意外とごはんつくるの得意だから」

望月さんの口元がちょっとだけ緩んだ。

「俺って言った」

「え」

「先生、俺って言いました」

おかしそうに笑う。

「さよなら」

望月さんはいきなりお辞儀をした。目の前でドアが閉まる。

どうしよう。どうすればいいだろう。無理に開けるわけにもいかない。このドアの向こうで何が起きているのか知りたかった。母親は、ほんとうに体調が悪いのだろうか。転校の手続きで一度会った限りでは、少し神経質そうではあるものの、まともそうに見えた。望月さんの身なりのよさなどから考えても育児放棄をしているようには見えない。だいじょうぶだろう、と思う。これ以上は仕方がない。俺は踵を返そうとした。

「……」

閉まったドアの向こうで、何か声が聞こえた気がした。母親の声だろうか。望月さんが母親と喋っているのかもしれない。でも、俺はドアのこちら側で返事をした。

「はい」

先生、と呼ばれたような気がしたのだ。先生、とは発音されなかったけれど、俺を呼んだかもしれない声。それに応えなければ俺は先生ではない。仕方がないとか、しょうがないとか、もうそんな言い訳は飽き飽きだ。俺は、何もできない、やろうとしない自分に飽き飽きだった。

返事はなかった。しばらくためらってから、小さくドアをノックした。

「望月さん」

すぐにドアが開いた。望月さんが出てくる。たぶん、ずっとそこにいたのだ。靴を履き、ランドセルを背負ったまま、ドアの向こうで立っていた。

何も言わずに歩き出した望月さんについていく。アパートの敷地を出て、学校とは反対方向に歩く。古い家やアパートが何軒か立っている。草がぼうぼうに茂った空き地まで来て、望月さんはくるりと振り返り、

「先生」

まっすぐに俺を見た。

「お母さんがあんなふうだから私もだめだってことですか」

突然言われてたじろいだ。強い口調だった。あんなふう、というのがどういうことなのかよくわからない。娘が顔に傷をつけられたと留守電に残しても、担任が訪ねても、話ができないことを指しているのか、テレビを観て引っ越してきたことを指しているのか、それとも。

「だめじゃないよ、望月さんも、お母さんも」

お母さんのことは知らなかったが、だめだと言うなら、転校してきたばかりのこの子を放っておいてしまった俺もだめだと思った。

「でも、川原さんが、お母さんが悪い、お父さんが悪いって」

みるみるうちに望月さんの瞳に涙が膨れ上がった。

「川原さんがそんなことを言ったのか」

俺が聞くと、望月さんは涙を溜めた目を不服そうに俺に向けた。

「今日、先生もいるときに、言ってた」

言っただろうか。俺はそんな重要なことを聞き逃したのだろうか。考えて、思い当たる。そもそも、だ。そもそも、なんでお父さんがテレビに出てたら転校して来なあかんの？　乃愛はそう言った。あのとき、俺も腹を立てたのだ。どうして遡るか、と。使うほうはたぶん意識もしていないくらいの言葉なのだろう。それが、過去だとか、出自だとか、家族だとか、いつも胸にわだかまるものがある人間には必要以上に響いてしまう。そもそも、と言われると、現在だけでなく、自分には手に負えないところまで遡って非難されている気がしてしまう。

「お母さんやお父さんが悪いとしたら、私は、ずっと、わ、悪いままで」

う、うえええ、と望月さんはしゃくりあげて泣き出した。俺は望月さんの前にしゃがむ。

「違うよ、そんなことは絶対にない。望月さんは悪くない。お母さんやお父さんも悪くないと思う。だけど、もしも、もしも、お母さんやお父さんに悪いところがあったとしても、それは望月さんとは関係のないことなんだよ」

望月さんの目をしっかりと見て話す。

「望月さんは――」

と言いかけて、言い直す。

「ルイはルイだ」

俺が断言すると、ルイは泣きながらもこくりとうなずいた。

俺は自分に言い聞かせているのだ。博打に入れ上げ、多額の借金を残してさっさと自殺してしまった実の父親の呪縛から、逃れようとしている。

いや、逃げるのとは違うのかもしれない。逃げても追いかけてくる。逃げても逃げても安心できない。立ち止まって、振り返って、追いかけてくる不安に面と向かって、俺は俺だと言う。たぶん、それが必要だった。

俺は俺だ。たった、それだけ。その簡単な言葉が言えなかった。空を仰ぎ、灰色の雲が垂れ込めているのを見る。俺は、俺。笑ってしまいそうだ。俺はずっと俺だったのに。

「俺は――先生はルイの味方だ。いつでも頼ってくれ」

ルイの華奢な肩に手を置いて、立ち上がる。どうして小学校の先生になろうと思ったのだったか、やっと思い出した。

そもそもあの子は父親があれだから、と言われるのがつらかった。そもそもで始まり、何をやってもそもそもで片付けられる狭い世界に我慢がならなかった。死んだ父親でもなく、後ろ指を差されて表を歩けなくなった母親でもなく、俺は俺なのだと思えればよかった。せめて、お前はお前だと誰かが救いのひとことをかけてくれていたら、と思う。幼い頃に出会う学校の先生にならそれができるかもしれない。俺が欲しくてももらえなかったひとことを、俺が誰かにあげられるかもしれない。そう考えて小学校の先生を志したのだ。

いつのまにかその志を置き去りにしてしまった。うまくいかなくて、空回りして、傷ついて。何にも没頭したくない、などと嘯《うそぶ》いた自分の言葉に欺かれてしまった。フラットに、と心がけていたのは、事なかれ主義ではなくて、どの子にも平等に接するようにと戒めていたからのはずだった。

「お腹空いてないか。何か食べに行こうか」

とりあえずお腹の心配しかできない自分は気が利かないと思う。居酒屋での谷川先生の顔が頭に浮かんだ。歯がゆかっただろう。ようやく初志を、自分が先生になった意味を思い出した。道は遠い。これからもうまくはできないかもしれない。でも、自分の気持ちを封じ込めて生きるのはこれまでだ。できるだけのことを精いっぱいやろう。子供たちに不幸を連鎖させたくない。そのために、俺は小学校の先生になった。

「お腹は空いてないです」

やっと泣きやんだルイがおずおずと差し出した小さな手を俺はぎゅっと握る。そうだ、ぎゅっと、握ればいいんだ。ぎゅっと、抱きしめてもいい。ルイだけを贔屓しているわけじゃない。クラス全員の手を握り、その身体を抱きしめてやる。

「先生」

「うん」

ルイがはにかんだような顔を上げる。

「給食、前の学校よりおいしいです」

「それはよかった。給食がおいしいって大事なことだよなあ」

給食の調理員になっていたとしても、子供たちのためにできることがある。きっと、この世界には、俺にもできることがある。そう思うと、遠いはずの道のりも光って見えた。

第五話

母は働いてばかりいる。

朝から新聞配達をし、昼はお弁当屋さんでお惣菜をつくり、夕方からコンビニ。よりによって時給の安いところばかり選んでいるように見える。

「お金には代えられないのよ」

母は笑う。優雅な笑いではない。痛々しくさえ感じられるが、

「今の職場、いい人ばっかりだもの」

私はため息をつく。その「いい人ばっかり」の職場を、これまでずっと自分の都合だけでどんどん辞めてきたのは誰だ。転職するたびに時給が安くなっていくのはもうあきらめているのか。

母には引っ越し癖があった。病と言ったほうがいいかもしれない。働いて、周囲に慣れ、やっとお金にも余裕ができた頃に、必ず引っ越す。せっかくコツコツと築いてきた土台を崩してしまう。母はたぶん少しおかしいか、あるいはほんとうに病なんだと思う。しあわせにならないことを心に誓っているようにも見える。少しでもいい方向へ行きそうになると、決まって話が壊れた。小さなことでも、大きなことでも。たとえば、私が特待生扱いで私立高校から推薦入学の誘いがあったとき、猛反対したのは母だった。

奨学金が出るのだと説明しても、頑として首を縦に振らなかった。もしも特待生ではいられなくなったときに学校を辞めなければならなくなる、というのがその理由だ。成績には自信があるのだから、よほどのことがない限り、三年間、特待生でいられるだろう。その、よほどのことが起きることを今から心配してどうするのか。

「お母さん、私はこれまで通りまじめに学校へ行くよ。特待生が取り消されるようなことはないよ」

説得しようと試みながら、急に虚しくなった。どうして私ががんばって得ようとするものを母が壊すのか。そう思ったら、もう何もかもどうでもいいような気がした。

父のことは、六年生のときに調べた。家にはパソコンがなかったから、小学校のパソコンルームで、夏休みの自由研究について調べるふりをして、検索窓に名前を打ち込んだ。何万件もヒットした。写真も出た。それをひとつひとつ読んでいった。

冷静に見ていたつもりだったけれど、気がつけば、心臓が激しく脈を打ち、汗をかき、視界はチカチカしていた。学校のトイレで吐いた。

父は犯罪者だった。ちんけな犯罪者。私はその娘だ。

ここで暮らしている理由も、よくは知らない。いつも突然母から引っ越すことを告げられる。おそらく父を追って、父関係の何らかの情報を得てのことだと思うけれど、尋ねても母は詳しいことを言わない。言ったら私が怒ると思っているのか。クラスにやっと慣れた頃に引っ越し、転校を繰り返した小学生の頃、私はずっと怒っていた。たまに親身になってくれる先生や仲のいい友達ができても、すぐに引っ越してそれっきりだ。

母はばかだ。頭がいかれていると思う。犯罪者の妻としての人生をまっとうしているのだろう。でも、私はもう怒ってはいない。どんなにばかな人生でも、母の人生は母のものだ。怒っても無駄だ。中学を出たら別々に暮らそう。母から、そして父から、離れよう。そう決めていた。

それができなかったのは、母の体調が悪くなったからだ。なんでもないよ、だいじょうぶ、と言いながら、よく臥せっているようになった。どんなにばかな母でも、体調の悪いときに放っておくことはできない。

それで地元の公立高校へ進学した。この辺りでは——といっても、中学二年のときに越してきた私も詳しく語れるほどではないが——半数近くの子が地元にひとつある高校に進学する。普通科と商業科、家政科のある高校だ。街の高校へ通うには、高い壁が聳えている。私鉄で五十分ほどで街へ出られるのに、何か特別な理由がないと街の高校に通じる壁によじ登っていけない雰囲気があった。たとえば、勉強ができる。スポーツができる。野心がある。お金がある。そういうピッケルかアイゼンを持った子でないとむずかしかった。言い換えれば、地元校に進むのは、上澄みをすくい取った後の残りだ。成績には幅があるし、まじめな子もいれば明らかなヤンキーもいる。でもまあ、将来の展望がないという一点を共通項として、生徒たちを括ることができるのだった。

驚いたのは、簡単に犯罪に手を出してしまうことだ。本屋やコンビニでの万引きは日常茶飯事だし、盗んだ自転車で堂々と通学している子もいた。その善悪のけじめのなさと、無防備すぎるところは致命的だと私は思った。すぐそこに穴がある。足をすくおうと待ちかまえている。自転車の窃盗で捕まって前科をつくることが、これからの人生にどれだけ影を落とすか、想像したこともないのだろう。

街の学校へ行きたくて母を説得しようとした言葉に、すべては凝縮されている気がした。これまで通りまじめに学校へ行くよ。そう、これまで通りだ。これまで通りを抜け出すチャンスを、私はひとつ失った。そして、今のところ、これ以外のチャンスを私は知らなかった。

県庁所在地から四十キロ余りの、郊外というにはさびれた田舎町。このまま暮らしていく気持ちはない。たぶん母にだってないだろう。愛着ももちろんない。だけど、もう、母の都合で引っ越したり転校したりするのは嫌だった。今後はバイトを重ねてでも卒業するまでここに残るつもりだ。

初めてトータが話しかけてきたのは職場体験のときだった。

一年生の一学期に、もう職場体験がある。飲食系、事務系、販売系、福祉系など分野ごとに分かれて、一週間研修する。第一志望にしたのは事務系だが、割り当てられたのはホームセンターだった。一日じゅう倉庫で在庫のチェックをさせられた。すべての在庫の商品名と品番、数量を確認して表にする。立っているだけで蒸し暑い、梅雨入り直前の倉庫の中で、膨大な量の在庫を数えるのは大変な作業だった。

「終わるわけねえ」

制服のカッターシャツの袖を捲り上げ、それでも暑くて額に玉の汗をかきながら、男子が投げやりに言う。

「こんなの研修じゃねえだろ」

「労働力としてしか見てねえよな」

口々に文句を言うのを、無言で聞いた。

そうだろうか。高校一年生が労働力になるだろうか。こんな何もできない十五歳が労働力として数えられるのなら、ありがたいことだ。母を思った。普段は反発しか感じないのに、なぜだろう。母が毎日朝から晩まで働いているのに、これくらいで文句は言えない、と思う。

「休もうか」

ふみちゃんが言った。女子でここに配属されたのはふみちゃんと私だけだ。

「休んだら終わらないかも」

私が言うと、ふみちゃんもうなずいた。それでふたりでまた段ボールに入ったクリップか何かの小箱を数え始める。

「まじめだな、おまえら」

男子の誰かが言う。

「どうせやり損なんだよ」

「損も得もないよ」

私は段ボールから顔を上げずに答える。損するとか得するとか、考えるだけつまらない。損というならずっと損をしている気がするけれど、損ばかりしていると感じるということは、自分にはほんとうはそれ以上の価値があると言っているようなものだ。それほど恥知らずではないつもりだった。

男子たちは鼻白んだように顔を見合わせてから、わざとらしい大声を出した。

「じゃあ、これからはぜーんぶ望月さんにおまかせしようっと」

小学生かよ、とつぶやいたら、ふみちゃんが笑った。

これ見よがしに男子が段ボールを蹴ってきた。竹藤《たけふじ》とかいう、半分まともじゃないみたいなやつだ。中で細かい金属のガチャガチャいう音がした。

「これも在庫チェック頼むし」

顎を突き出して言う。その顔を見ただけで不快になったけれど、知らん顔をして自分の作業を進めた。ふみちゃんは怖くなったみたいだ。不安そうに目だけで私を見た。

ぼんっと鈍い音がして、見ると、ひとりの男子が竹藤の蹴った段ボールを蹴り返していた。段ボールは派手に転がって、中から銀色のネジが大量にこぼれた。制服のズボンのポケットに両手を突っ込んだまま、蹴り返した男子は黙って竹藤を見下ろしていた。トータだ。黒田《くろだ》トータ。竹藤と他の男子たちが何も言わずにしゃがんでネジを拾い始めた。

「トータ、怖っ」

ふみちゃんが囁いた。

帰りは、自転車だった。中学の校区を少し外れただけだから、そう遠くはない。ただ、山を切り崩して新しく開発された地区で、坂が多い。自転車だとそれがきつかった。店が何軒かかたまっているところからちょっと離れると、まわりに何もなくなる。ふみちゃんのところは親が車で迎えに来た。一緒に乗っていかないかと誘ってくれたけれど、自転車を置いていくわけにもいかない。お礼だけ言って自転車で帰った。

その途中だった。後ろからすごい勢いで追いついてくる自転車があった。猛スピードで近づいてきているのが、振り向かなくてもわかる。辺りは薄暗くなりかけていた。やばい、と思った。こんな田舎道、運が悪ければ誰も通らない。私は猛然と自転車を漕いだ。竹藤だろうか。迎えに来た車に何人かで相乗りして帰っていったように見えたけれど、違ったのか。追いつかれたら終わりだ。次の丘を越えたら、たしか何軒かの家があったはずだ。そこまで全力で漕ごう。どれくらい離れているのかわからなかった。怖くて振り返ることができなかった。

さーん、と聞こえた。ずっと後ろのほうだ。誰かを呼んでいるような声。

「望月さーん」

「えっ」

私はペダルを踏み込むのを止め、でもブレーキはかけずに自転車が進むにまかせながら右肩越しに後ろを振り返った。

制服を着た男子生徒がひとり、必死で自転車を漕いでくるのが見えた。トータだった。

追いついてきたトータは、息を切らせながら言った。

「惚れたっ」

「はあ?」

何を言っているのかわからなかった。

「俺は望月さんに惚れました」

下り坂に差しかかっていた。二台の自転車は勝手にすごい速度で進んでいく。道の両側に続く畑では蕎麦が背丈を伸ばしていた。

もちろん警戒心を解かなかった。むしろ増した。トータとは話したこともない。十五年生きてきて、人に惚れたことも惚れられたことも一度もない。

「そばにいさせてください」

トータは自転車のハンドルを握ったまま、大きな身体をふたつに折った。

「……だめ？」

「だめ」

「なんで」

「なんでも」

下り坂が終わり、私はペダルを踏み始めた。トータはみんなに恐れられていたが、私はなぜか少しも怖くなかった。それからずっと、すぐ後ろをトータがついてきた。黙ったまま、とうとう家のある県営住宅まで来て自転車置き場で振り返ったら、トータは右手を高く上げてぶんぶん振っていた。バイバイのつもりなんだろう。応えずに、古びたコンクリートの建物に入る。

それからトータは柴犬の子供みたいに私の行くところどこへでもついてくるようになった。

「そのクールなところが好き」

トータは言う。何度も言う。

大きな身体、ごつい手、太い眉。見た目はいかつい、いかにも喧嘩の強そうな高校生だ。実際に、武勇伝のような噂をいくつも聞いた。いわく、トータは街の子だけど、暴れるから行ける高校がなくて、それでこっちに流れてきた。いわく、中学のときに喧嘩した相手を半年間入院させた。いわく、ずいぶん年上のきれいな女の人と仲よさそうに歩いていた。

「クールな望月さんが好き」

好き、と発音するときには目がきゅっと細くなって、そのたびに私は、あっと思う。あっ。——その後に言葉が続かないのだけど。

「べつにクールなわけじゃないよ」

クールとは違う。私は単に周囲に興味がないだけ、何にも期待しなくなっているだけだ。

「望月さんにそのクールな口調で命令されたら、俺、どんなことでもするね」

そんなことを言う。口だけだ。ほんとうにはしないくせに、と心の中で悪態をつく。トータにかまうのが面倒で、教室の机に突っ伏して寝たふりをする。そのつもりが、もしかしたらほんとうに眠ってしまったのかもしれない。いつのまにかトータの気配は消えていて、教室のざわめきだけが聞こえてきた。

「望月正幸」

どこかで誰かが囁いている。聞き間違いではないと思う。赤ん坊の頃に別れた父の名前だ。

「望月は、望む月。正しい幸せって書いて、正幸」

声の主はご丁寧に漢字の説明までしている。机に顔を伏せたまま聞こえないふりをしていた。

いつもそうだ。どういう仕組みになっているのか、どこから漏れるのか、見当もつかない。いつのまにか私に父がいないこと、それも事件を起こして失踪したことが、他人に知られている。

「うそ、人殺し?」

「や、そんなんじゃない。収賄か贈賄か、何かそんな」

もう少し向こうで話して。わざわざ聞こえる辺りで話さないで。めんどうくさい。詳しくは知らない。知りたくもない。こちらがそう思っていることに限って、まわりは耳に入れたがる。知らせてやろう、知るべきだ、と押しつけるように。

子供の頃からそうだった。大人たちは知らせたがった。ついうっかり口を滑らせたみたいに、または私がそこにいることに気がつかなかったみたいに。

「もう時効じゃないの」

そう口を滑らせたのは、母の友人のひとりだった。学生時代の同級生だとか言っていた。人が家に遊びに来るのがめずらしくて、私ははしゃいでいた。ずいぶん昔の話だ。

時効というのがどういうことなのかわからなくて、後でこっそり辞書を引いたくらいだから、まだ小学校に上がったばかりの頃だったと思う。

「帰ってきてもおかしくないわよ」

ぼんやりしていた母の顔が険しくなったのを覚えている。父の話だな、とわかった。帰ってこられないのだと聞いていた。帰ってきてもおかしくない、ということは、帰ってくることはできるのか。私が思いめぐらせていると、

「あらやだ、ルイちゃん、いたの」

その人ははっとしたように慌ててみせた。私に聞かせたくて言ったのだろうと思ったけれど、うまく言葉にできなかった。私に聞かせたいというよりは、私に聞かせてしまったことを母に知らせたいというほうが近いかもしれない。幼くて父の記憶もない私が感情を乱されるわけがない。私が知ってしまうことで母が傷つくのを見たかったのだと思う。本人がそう意識していたかどうかは知らないけれど。

記憶が少し飛ぶ。

「籍を抜くなら実家に帰ってきてもいいし、援助もするって言ったらしいんだけど」

いつだったか誰だったかの法事の席で、母関連の噂を聞かされたこともある。

「可南子さん、頑固でねえ。とうとう籍も入れたままで、ほら、あの家も融通が利かないから、結局援助もなし、ほとんど絶縁状態らしいわよ。シングルマザーだもの、大変

なんじゃない」

そう言った後で、やっぱり、

「あらやだ、ルイちゃん、いたの」

と、そのおばさんは舌を出した。私がいたことはもちろん知っていた。知っていて話した。そういうことは雰囲気でわかる。私にこそ聞かせたかったのだということも。籍だとか、絶縁だとか、シングルマザーだとか、後で調べた。まだ知らなくていいようなことをいくつも知った。失踪だとか、贈賄だとか、愛人だとか、汚職だとかも。母の友人の口から出た時効という単語が大きな意味を持って迫って来たのは、ずいぶん経ってからだ。聞きたくなくても入ってきた情報、単なる断片でしかなかった言葉たち、それらがあるときぱっとつながったのだ。

父が失踪して何年も経つのだからもう時効だ、新しい人生を生き直せ、と彼女は言いたかったのだと子供なりに解釈していた。でも、時効というのは、父と母の個人的な関係の中でのキーワードではなく、もっと端的に、父の起こした事件の時効という意味だったのではないか。

時効だから帰ってくる。——そうか、捕まらなかったのか。最初に感じたのは、安堵だった。捕まってもよかった。父は、自分とは関係のない人だった。事件も私とは関係がない。捕まらなくても罪には変わりがない。罰を受けないぶんだけ、罪は重いかもしれない。そう思うのに、時効になったとわかってほっとしていた。

「望月正幸っていうんだって。望月さんの実のお父さんらしいよ」

教室のざわめきが戻る。ため息をつく気にもならない。また誰かから誰かへ広がっていく。すぐに検索されるのだろう。いなくなった父の名前。望月というのは満月のこと。すべてが満たされているということ。正しい幸せ。そんな名前だからだめだったんだよ。私は机にうつぶせたまま、もう何度も思ったことを思い返す。

「お互い、親には苦労させられるよなあ」

頭のすぐ上からトータの声が降ってきて、私は寝たふりをやめるきっかけを得る。トータは私の前の席から椅子ごと後ろを向いて、顔を上げた私に笑いかける。もともと前の席だった男子にはどう話をつけたのか、いつのまにか席を交換してしまったようだった。

「何の話よ」

「おわ」

トータはこちらに近づけていた顔を引き、身を起こした。

「すげー。今の言い方まじクール。冷たすぎてぞくぞくするわ」

私は極力興味のないふりをして、トータから目を逸らす。さっきの噂話が聞こえたんだろう。親の話なら、一切したくなかった。

「こんな名前つける親がどこにいるっつうの。なあ」

トータが言い、張っていたバリアが解除される。名前の話か。

「まあ、望月さんが笑《えみ》なんて名前だったりしたら驚くけど。涙だからいいのかもしれないな。涙。涙。いい名前だけどさ、つけられたほうにとっちゃたまったもんじゃないよな」

私はゆっくりと瞬きをした。

「トータって、どんな字？」

冬多。統太。島、東、闘。

「……もしかして」

「うん。その、もしかして」

トータが、にっと笑った。太い眉毛が微妙に下がった。

「俺が生まれた頃、親父は街で怖いものなしだったらしい。自分以外は淘汰してやるってつもりで名づけたんじゃないか。でもまもなく自分が淘汰されたってわけ。ま、常用漢字にも人名漢字にもないことがわかって、当たるっていう字の当汰になったんだけど」

当汰——淘汰された父親がどうなったのか聞きたい気がしたが、聞いてほしいのかほしくないのかわからなくて、別の質問にした。

「お母さんは反対しなかったのかな」

ずっと疑問に思っていたことを聞く。自分の母親に対してだ。父親の暴走を、なぜ止めなかったのだろう。涙なんて名前、どうして反対しなかったのだろう。

「母親は淘汰の意味を知らなかったんだと思うよ。漢字の意味なんて考えたこともないんじゃない。ただ響きがかっこいい、って。わけわかんねー」

トータはそう言って目を細めた。淘汰の意味を知らないお母さんでも、トータはお母さんのことが好きらしい。

「変な名前同士、俺たち縁があるんだな」

縁があるかどうかはわからない。ただ、親近感はたしかにあった。この人もばかな夫婦の子供なのだと思った。

「無防備だよ」

私が言うと、トータはきょとんとした。

「簡単に自分の弱みを見せないほうがいい」

親は、弱みだ。私は親のことに触れられるのが怖い。たぶん、トータは安心して暮らしてきたのだ。強いからか。弱みを見せてもそこを突かれるようなことはなかったのだろう。

「弱みってほどでもないと思うけど」

トータは笑って頭を掻いた。

「甘いよ」

言ってから、しまったと思った。言い方がきつすぎた。わずかに首を傾げて、トータが私を見ている。乱暴すぎて街には行ける高校がなかったというトータ。私の前では一度も暴れたことがない。その目を見ているうちに、なんとも言えない気持ちになる。ほんとうは強いトータ。ううん、ほんとうは弱いトータ。どっちなんだろう。そう考えてから、しまったと思ったこと自体を撤回したくなる。トータはトータだ。勝手に私を好きだと言い、勝手に私を置いていくんだろう。だから、いい。トータに好かれようとしたくない。どんなに好意を持ってくれても、こちらに返す気がなかったらそれまでだ。私はこうやって自分で孤独をつくっているのだと思った。


担任は水島《みずしま》という三十代の男の教師だ。長めの髪は明るい茶色で、身体にぴたっと添うタイプのスーツばかり着ている。

「おしゃれなのか、単に小さいだけなのか、わからないね」

ふみちゃんがこっそり笑って囁いた。

「そこ」

水島がふみちゃんを指す。

「何話してんだ。え？　いい男でもいたか？」

ふみちゃんはうつむく。私はうつむかない。くだらない。どうでもいい。

「ひとつ報告がある。大橋《おおはし》は昨日付けで学校を辞めた」

えー、なんでー、とあちこちで声が上がる。大橋くんは同じ中学だった。まじめな子ではなかったが、特に荒れている様子はなかった。普通に明るくて、普通にばかで、普通に教室にいた、と思う。辞めるとは思いもしなかった。さわさわ、そわそわ、教室がさざめいている。

「いいか、おまえら、だるいとか退屈だとか言って学校をなめてると大変なことになるぞ。この三年間でおまえらの人生がほぼ決まるんだからな」

大橋くんのことだろうか。学校をなめてたんだろうか。だるいのも退屈なのも普通のことなのに、わざわざ辞めるには理由があったんじゃないか。

みんな、大橋くんのことを喋るのに忙しくて、水島の話に注意を払っていない。ふりをしている。これからの人生がほぼ決まると脅されて、そんなはずがないと嘯《うそぶ》きながら、頭のどこかでは、そうかもしれないと思っている。大橋くんを憐れみ、同時に彼の運命を、自分の未来を、怖れている。

「まじめにやっていれば進学もできるし、いい就職先もある。学校から推薦で入れてやれるんだ。態度が悪かったり、成績が悪かったりすれば、どんなに推薦してやりたくてもできないんだからな」

水島は閻魔《えんま》にでもなったつもりなんだろう。のこのことこんなところへ入ってきた高校生ぐらい、自分の匙加減ひとつで振り分けられると思っているのだ。どうせこの先に展望が開けるわけでもないのに。

上澄みをすくった残りの鍋はごった煮だ。昨日観たテレビの話に興じる子がいて、すぐその隣に、今日辞めようか、明日辞めようかと思い詰めている子がいる。テレビだって現実から目を逸らすためだけに観ているものかもしれない。熱いか、生ぬるいか、それくらいの違いしかない地獄の泥沼を私たちはだらだらと歩いていくのだ。あまりまわりを見ないよう聞かないようにしながら、ただだらだらと。

「尾野《おの》」

突然名指しされた一番前の席の尾野が、雀みたいにぴょんと水島を振り仰ぐ。

「高校出てるのと中退とじゃ、生涯賃金がどれくらい違うか知ってるか」

尾野がうなずく。

「知ってるか。そうか、よし。あれ見たら、辞めようとは思わないよなあ。誰か大橋にも教えてやればよかったんだよ」

みんな黙っていた。おまえが教えろよ、とも思う。だいたい、生涯賃金で気が変わるくらいなら最初から辞めようとは思わないに違いない。

「これからどんな人生を送るかわからないのに生涯賃金なんか弾き出されてたまるか、なんて思っていられるのは一年生の今のうちだけだ」

水島がにやにやしながら教壇を歩く。

「現実を見ろ。そうすれば変わる。おまえらもそのうち泣きついてくるようになる。どこでもいいから就職させてくれって――」

ふわーあ。

大きなあくびが聞こえて、水島がそちらを見る。トータだ。水島はトータには何も言わない。大橋くんの話もそれきりになった。

トータとはときどき一緒に帰るようになった。トータの家は街にあるから電車通学のはずなのに、なぜかいつのまにか自転車でくっついてくる。

「まさか盗んだんじゃないよね」

普通なら聞きにくいはずのことも、トータになら聞ける。

「黙って借りたんでもないよね」

しつこく確かめると、

「海松っていうんだ」

「何が」

「こいつ」

トータは得意そうに跨った自転車のオリーブグリーンのハンドルをぽんぽんと叩いた。

「ウミマツ?」

「おう。いい名前だろ。中古屋の値札にそう書いてあった」

それはミルじゃないか、この色を指してるんじゃないか、と思ったが、国語のあやしいトータに読めるわけがないし、覚える気もないだろう。

「海松、三千円。耳を揃えて払ってやったぜ」

思わず笑っていたらしい。私の顔を覗き込んで、トータはうれしそうに言った。

「笑った、ルイが笑った、わーい!」

名前のついていない私のママチャリと海松号とで学校から連れ立って帰る。バイトのない日にはときどきうちにも寄っていく。母はいたりいなかったりだ。夕方の仕事までの合間に帰ってきて家事をしているときもあれば、仕事が長引いて次の仕事に直行になることもある。

トータの鞄にはたいていDVDが何枚か入っている。家に来ると、その中から一枚をひょいっと取り出してデッキに入れる。トータはレンタルDVD屋で見境なく借りてくるので、シリアスもコメディもホラーも恋愛ものも当たりも外れもごちゃまぜだ。

大概は外れだ。今日のも外れだった。無意味な生、無意味な死。映画の中でまでそんなものを観たくない。もっとも、トータは私に感想を求めない。真剣な顔をして画面に見入っていて、「色で言えば紫って感じだ」とか「焦げくさかった」とか、わけのわからない感想をつぶやくだけだ。

エンディングに本編とはおよそ関係のないテーマ曲が流れて、なんとなくしらけた気持ちになっていたときに、トータが言った。

「もしも俺が映画の主人公だったらさ」

またわけのわからないことを、と思った。主人公どころか脇役にすらなれないのに。

トータは体育座りをしてエンドロールが流れる画面を見つめたままだった。

「自分が死んだ後に、晴れた空が広がって、公園では子供たちが遊んでて、その横を石焼き芋の屋台が通って、みたいな平和な景色が映し出されるのと、死んじゃった後にもやっぱり平穏な生活なんてなくて、空は薄暗くて、子供たちはいっつも疲れてて、公園で遊んでもなんにもいいことない。そういう世界が映るのと、どっちがいいだろうって」

「どっちだって同じじゃない」

即座に答えると、驚いたように私を見た。

「な、なんで」

「誰かが死んでも空は明るい。子供たちは何も知らずに無邪気に遊ぶ。そういうの、悲しさを強調する映画の演出だよ」

うーん、と口を尖らせたトータに、私は畳みかける。

「だって、本人は死んでるんでしょ。どっちだってもう同じじゃない」

「ルイはわざとクールを装ってるんだよね」

クールが好きなのはトータの勝手だ。わざわざ私がクールにふるまう義理もない。トータは膝の前で組んでいた両手をほどき、リモコンを取ってDVDを止める。

「最後、俺はどう終わるのかなあ」

「どうせなら余計なこと考えないで観ればいいのに」

せっかくの逃避なんだから、とは言わないことにする。自分がどう終わるのか、映画に重ねて観ているのでは気が休まらないだろう。

私たちには期待もなく、希望もなく、ただここに転がっている細切《こまぎ》れの、高校を出るまでの短い時間だけがある。それをかき集めて映画を観る。私たちが輝くことはない。世界が輝こうが、空が青かろうが、関係がない。

トータは小説を読まない。音楽も聴かない。映画だけを、レンタルで片っ端から借りてきて、集中して観る。トータがどうやって映画にたどり着いたのかは知らない。どこかに入口があったのだろう。まわりに誰も観る人がいないのに自力で観るようになるにはきっかけがあったはずだ。

うちにはたまたま父親の残した段ボール箱があった。そこに、本やCDやDVDが詰まっていた。母親はもう滅多にそれを開かないけれど、開いたところで、それを眺めてぼうっとしている。くだらない。父親のつくった本や音楽なら意味もあるだろうけど、趣味で買ったものだ。そんなもの、どんどん消費すればいい。私は母親が聖域みたいに大事にしている箱から、ただ踏み荒らしたい一心で本を読み、音楽を聴き、映画を観た。どれもくだらなかった。夢みたいな話。夢みたいな音楽。父親がくだらない人間だったことがわかる。それをまた夢みたいに大事にしている母親もどれだけくだらないか。そこから生まれた子供がくだらなくないわけがないだろう。そう思うと、安心する。どうせくだらないんだ。ここからなんとかしようと思わなくて済む。楽になれる。

父親の箱があったから、小説や音楽や映画が別にどうってことはないものだと私は知っている。読まなくても聴かなくても観なくてもいい。読みたければ読めばいいし、観たくなったら観ればいい。でも、トータは違うらしい。

「俺は映画を観るとちょっとだけましな気持ちになる」

それはとても面倒なような、少しうらやましいような感じだ。

ちょうどそのとき、玄関の鍵のまわる音がした。

母が帰ってきたのだった。私とトータは顔を見合わせる。こんな中途半端な時間に帰ってくることは、今までなかった。初めからいるか、ずっと帰ってこないかだ。

「あら、こんにちは」

トータに向けた笑顔に力がなかった。

「どうしたの、具合悪いの」

「だいじょうぶよ」

ぜんぜんだいじょうぶじゃなさそうな母が答える。トータがさっと立ち上がって、ためらわずに押し入れを開けて蒲団を出す。そうして、母をそこに横たえると、しばらく所在なげにうろうろしてから帰っていった。

「蒲団敷きます」

「働きすぎだよ」

もっとやさしい声で言いたかったのに、棘が混じった。母は答えなかった。すでに眠っていた。きっと疲れが溜まっていたのだ、ゆっくり眠ればきっとよくなる、と思うことにして、私は夕食の支度に立った。

「ルイ」

呼ばれてふりむくと、母が蒲団に身を起こしている。とっくに夕食を終え、明日の予習も終えて、そろそろ寝ようかという時間だった。夜も更けているが、母の顔色はまだ悪かった。立っていって、枕元にすわる。

「だいじょうぶ？　寝てたほうがいいよ」

母はおとなしく再び横になった。

「入院しなきゃいけないんだって」

突然だった。

「病院、行ってきたの？」

母はうなずいた。

「悪いの？」

間の抜けた質問に母はかすかに笑って首を傾げる。悪いから入院するのだ。でも認めてしまうのは何かに負けた気分だった。不幸は友達を連れてくる、ってどこかで聞いた言葉、ほんとうだったんだな。今度は、入院か。

「高校の同級生で仲のよかった子が」

母の言葉はぼんやりしていて聞き取りづらかった。

「今、外科のお医者さんをやってて」

「へえ」

「そこで手術してもらおうかと思って」

ちょっとピンと来なかった。母の高校の同級生。外科医になった人がいるのか。

「そこでって、どこで」

母は私でも知っている有名な病院の名前を挙げた。

「そんなところで手術できるの？　話はついてるの？」

ほんとうは、お金はあるのかと尋ねたかった。母はきちんと把握できているのだろうか。入院費のこともだけれど、ほんとうに予約は取れるのだろうか。

「友達がなんとか融通つけてくれるって。久しぶりだったけど、連絡してよかった」

そうなんだ、とうなずいた。でも、何かが引っかかった。病気の詳細や、どんな手術になるのか、治るまでにどれくらいかかるのか、ここは引っ越しせずに済むのか、そして、どうしてそんな有名な病院の外科に友達がいるのか。疑問はいくつも浮かんできて、入れ替わり立ち替わり大きくなったり小さくなったりしながら私の胸で弾み続けた。

「こっちの病院じゃだめなの？」

何を聞いていいかわからなくてした質問だった。この辺の病院で手術すればいい程度なら病状もさほど深刻ではないだろう。引っ越しもないだろう。お金もそれほど嵩《かさ》まないだろう。

母の目がふわっと泳いだ。

「もう頼んじゃったから」

「今まで会ってなかったのに？」

これまで頑なに誰にも頼らなかった母が昔の友達にまで連絡していたというのが引っかかるのだ。母に何かが起きているらしい。

「だいじょうぶよ、小学校から高校までずっと一緒だった子なの」

やわらかい声になる。心なしか、表情もやわらかくなった。これまでは昔の友達の話をすることもほとんどなかった。

「近所の幼なじみなんだね」

友達の話が聞きたかったわけではない。ただ、どうしたら気持ちが落ち着くのかわからなくて、この和やかな時間を少しでも長くつなぎとめておきたかった。

母は、ううん、と首を横に振った。

「家は離れてたの。私立の女子校だったから、ずいぶん遠くからも集まってきてて」

「私立の女子校って、え、お母さんが？　どこの学校？」

母の答えた学校の名前に耳を疑った。

「お母さん、そこの学校って名門のお嬢様学校じゃない」

「お嬢様ってほどでもないけど」

衝撃が大きすぎてうまく言葉が出なかった。そんな話、初めて聞いた。もしかして、母は変になっているのではないか。疑問が胸をよぎる。記憶が捏造されているのではないか。

「どういうこと」

もしもほんとうなら、何がどうなって今こんな人生を送っているのか。下から上るのは無理でも、上から落ちてくるのは簡単なのか。セーフティネットみたいなものは張られていなかったんだろうか。それとも、それを突き破って落ちてしまったのか。

混乱していた。憤りもあった。

「どっちにしろ」

何を言っていいのかわからなくて、とりあえず言葉をつなぐ。

「無駄だったわけだ」

お嬢様学校といわれる学校に小中高と十二年間通っても、今はこうだ。お嬢様でもないし、しあわせにもなれなかった。そう自分を納得させようとするのに、ぐつぐつと煮えるような感情がお腹の中に芽生えている。

「ずるいわ」

どこから出たのかわからないような野太い声。ずるい。母は少なくとも高校まで安泰でいられた。大学を出て、勤めて、父と出会うまで。私には一度もそんな穏やかな時期はなかった。

母は蒲団に横たわったまま、じっと私を見ていたが、

「ごめんね」

不可解な言葉を口にした。

「ルイになんにもあげられなくて、ほんとうにごめん」

「謝らないでよ」

謝られたらどうしたらいいのかわからない。謝ってほしいのは、そこじゃない。孤独だと思っていた。この世界に、母と娘、ふたりきりのようなつもりでいた。相談できるようなところがあるなら、もっと早く相談してくれたらよかった。今まで何をしていたの。相談することすら思いつかなかったの。それとも相談したくなかったの。私の人生なんてどうでもいいと思ったの。

母はピントがずれている。ここで謝るくらいなら、父と結婚したことも、私を生んだことも、謝ってほしかった。

「傘を持っていきなさい」

奥から声がして、こんなに晴れているのにいったい何を言っているのかと思う。母はやっぱり少し変だと思う。体調が悪くなってから、ますますおかしなことを言う。返事をしないでいると、

「ルイ、傘を持っていきなさいね」

さっきより大きな声になった。しかたがないので、はい、と答えておく。頭じゃなくて、心か。どこかに変調を来《きた》している。長い長い待ちぼうけのせいか。絶対にしあわせにならない、と母は固く心に決めているのだと思う。いろんなことが少しずつよいほう

へまわり始めると、それをひとつひとつ壊さずにはいられない。しあわせにならないよう注意深く暮らすこと。それを第一の生活信条としているように見えた。

それが母のやり方だ。しあわせにならずに父の帰りを待っている。そうやって無意識のうちに父に復讐している。いつまでも不幸でいることで、永遠に罪の意識を持たせる。しあわせになった瞬間に、相手をそこに留めておけなくなってしまうとでもいうかのように。もとより相手の気持ちはそこにはないのに。

表へ出ると、空がまぶしかった。傘なんか持たなくてよかった。

自転車置き場のところに海松に乗ったトータがいた。

「おはよう」

「ルイ、今日もクールだ」

トータは満足そうに親指を立てる。私たちは学校に向かって自転車を走らせる。

「しあわせにならないって決めることが復讐になると思う?」

前を行くトータの背中に向かって、早口で聞く。聞こえないのか、トータは振り向かない。

むしろ、しあわせになることが復讐になるのではないか。あなたがいなくなったおかげでこんなにしあわせになれた。それは相手との訣別であり、ゆるやかな復讐だ。

「誰が」

信号で止まったときに、トータが振り向いた。

「誰に復讐するの」

見たこともない表情をしていた。一瞬にしてわかった。ああ、この人はずっと復讐のことを考えてきたのだ。誰かへの復讐を胸にしまい、慎重にそれを隠してきた。

「簡単に復讐なんて言うな」

そう言って、サドルにすわったまま片足で信号機を蹴った。いつものトータじゃなかった。

「復讐なんてつまらない」

吐き捨てるように言う。

「逃げるなよ」

「逃げてないよ」

逃げた父に復讐しているのは母だ。父までは決して届かない復讐。母はそうやって現実と向き合うことから逃げているのだと思う。

「誰かのせいにしてもしかたがないんだよ」

きっとトータは自分に言い聞かせている。私の胸にもぴしぴしと当たった。私がこんなところでこんなふうに暮らしているのは、母のせい。父のせい。たしかに、そう思っている。復讐しようとは考えないまでも、恨み言のひとつやふたつはいつも胸にわだかまっている。

「もっと楽しいこと考えようぜ〜」

トータは明るい声で言って、自転車を漕ぎ始めた。無理をしている、と思った。誰かのせいにしたいのを踏み止《とど》まり、楽しいことを考えようと努めているのはトータなのだ。今まで気がつかなかった。頑丈そうな身体の内側に、どれだけのものを抱えていたのだろう。


母の手術の日が決まった。

仕事を辞め、家の中を片付けてから入院するという。

「しばらくしたらまた戻ってくるんだから、そんなにあらたまって片付けなくても」

私が言うと、母は笑って答えず、まったく別の話を口にした。

「辞めるって言ったら、引き留めてもらえたの」

片付けの手を止めず、照れくさそうに下を向いたまま話す。

「いろんな人が、休んでまた戻ってくればいいって言ってくれてね、お母さんそれだけでうれしかった」

「うん」

「こういうの、初めてだったかも」

「よかったね」

いつも突然辞めてきたから、そんな機会もなかったのだろう。それとも、母の中で何か変化があったのだろうか。

「戻らないつもり？　また引っ越す？」

聞いてみたら、小さく首を横に振った。


「ハチドリって一秒間に五十五回羽ばたくんだって」

映画を観終わったトータが、台所にいた私を振り返る。

「一時間に二十万回。それを一日じゅう」

すぐには意味が摑めなかった。ぼうっとしていた。

母の手術は成功したと聞いている。でも、思いがけず長く入院することになって、生まれて初めての戸惑いの中にいる。いつもと変わらないトータがいてくれて、ほんとうによかった。

「二十万回。なんでそんなに」

「なあ」

トータは映画に心を奪われている。動物の生態を写した映画だった。興味が持てなくて早々に離脱し、私は台所のテーブルで数学の宿題をしていたのだった。

「飛ぶためだって」

「なんでそんなにしてまで飛ぶの」

「蜜を吸うためだってさ」

「なんでそんなにしてまで蜜を吸うの」

トータは口の両端をきゅっと上げた。

「飛ぶためだって」

「は」

ははは、と小さく笑ってしまった。蜜は飛ぶため、飛ぶのは蜜のため。本末転倒というか、目的を見失っている。

「よくわからないけど、なんかしあわせそうだったよ」

「誰が」

「ハチドリ」

トータはDVDのディスクをケースにしまいながら、にこにこしている。

「超高速で花から花へ移動して蜜を吸うんだ。すっごく忙しそうで、羽を休めたら四、五時間で餓死するっていうんだけど、それでも、なんかよさそうなんだよ」

ふうん、と私は曖昧な返事をした。そんな人生、嫌だ。とっさにそう思ったのに、因数分解のノートを閉じてトータのそばへ行った。ハチドリのことを詳しく聞かずにはいられなかった。

「あ、ルイも興味持った？　おもしろいなあ、ハチドリって」

トータは得意げに今観たばかりの映画から得た知識を披露する。ある種のハチドリは、ある種の花の蜜しか吸わないこと。お互いにお互いを必要として、お互いのためだけに特殊な進化をしたこと。

「ああ、やっぱり」

妙に納得がいった。深くうなずいた私をトータが不思議そうに見た。

働いて、お金を得る。お金は、生活のため。生活するのが精いっぱいで、働いて、働いて、家に帰れば疲れて寝るだけ。それでもまた働く。なんのために生きるのかと思っていた。もっと楽しんでほしいと思っていた。でも、たぶん、楽しんでいたのだ。わざと不幸に生きようとしているみたいに見えたけれど、母は母のやり方を通しただけなのかもしれない。

私は私のやり方を見つけよう、と思う。母のせいにせず、父のせいにせず。そうしたら、父のやり方も少しはゆるせる日が来るだろうか。

「ハチドリってばかだと思われてたんだって」

「そうだろうね」

「いや、羽ばたきの多さや効率の悪さのせいだけじゃなくて」

トータの話によると、ハチドリは餌のある場所を覚えていられないと考えられていたのだそうだ。

「でも、そうじゃなかったんだ。あまりにも正確に覚えているせいで、状況が少しでも違ってると、違う場所として認識してたことがわかったんだって。ほんの少しの違いでもエラーになってたんだな。え、あ、どうした、ルイ」

やっぱりだ。母が父の不在をいつまでも受け入れられないのは、ばかだからじゃない。ハチドリだったんだ」

「え」

笑い出した私につられて、トータも笑う。何がおかしいのかわからないくせに。私が笑うとただそれだけで笑ってくれる。

「トータっていいやつだね」

「え」

一瞬だけ間を空けて、トータが顔をほころばせる。

「今頃気づいたのかよ」

働いて、働いて、父を待つ。たった、それだけ。他に方法を知らない母のことが悲しくておかしい。愛、というのとは違う気がする。けれども、愛ではないと言い切ることも私にはできない。だめな父、だめな母、だめな愛。そういうかたちもあるのだと思う。

そして、ここに、だめな娘。

「だめでもいいかな」

聞くと、トータがまじめな顔になって、

「ルイはだめじゃない」

と言った。

「だめだよ」

「だめじゃない」

それから、軽く首を振って笑った。

「だめでも好きだ」

好き、とトータが発音したときに、私はやっぱり、あっと思ったのだった。

あっ。——胸がきゅうっとなった。

第六話

さっちゃん、と最初は戸惑うような声で、二度目はもっと大きな声で呼ばれた。

「さっちゃん？　さっちゃんだろ？」

ベッドに横たわった安原《やすはら》さんの瞳はよろこびの光に満ちている。

「違います」

そう答えるのが精いっぱいだった。腕を摑まれ、たじろいでいた。人違いだ。振り向いて、他に誰か人がいないか確かめたかったけれど、安原さんの真剣なまなざしから目を逸らすことができなかった。

「だいじょうぶですか、安原さん、落ち着いてください」

答えにもなっていないことを、もっぱら自分の気を落ち着かせるために言い、やがて安原さんの瞳が急速に光を失って、いつものとろんとしたまなざしに戻るのを見る。

「どうかしましたか」

開け放してある個室の戸口から、益田《ますだ》さんのまじめそうな顔が覗く。

「いえ、だいじょうぶです。もう落ち着きました」

がっしり摑まれた腕に驚きが残っている。意外なくらい力強かった。

安原さんは一日の半分を寝て過ごし、あとの半分の起きている時間もたぶん頭は覚めていない。灰色がかった瞳はぼんやりと宙をさまようばかりで、たまに焦点が合うようなときがあっても、今、目の前にあるものをそのまま捉えることはできないみたいだ。だからここにいるのだ、とも言える。町のつくったこの特養施設に、安原さんはもう長く入所している。

「血圧、異状なしです」

「はい」

ぼんやりと宙を見ている安原さんの枕元で短くやりとりをする。このところ、せん妄状態が続いて、日誌に要観察マークがつけられていた。医療施設ではないので医師が常駐しているわけではない。様子を見て、あまりせん妄が激しいようなら嘱託医に相談しなければならない。

「もうだいじょうぶそうですね、行きましょう」

落ち着いているときの安原さんの顔は、小さい頃に動物園で見た年寄りの象を思い出させる。

「さっちゃんじゃなくて、ごめん」

その寝顔に小さく声をかけて、俺は安原さんの部屋を出た。

作業衣のポケットを上からさする。安原さんのための薬を処方されていた。軽い精神安定剤だそうだ。安原さんが暴れたりしたら服用させるよう、週に二度巡回に来る嘱託医に言われている。念のためにポケットに入れているそれを、使いたくない、とベテランの益田さんは言う。いくら軽い薬でも、飲めば眠り続けてしまう。見守ることのできる間は見守りたい、と。そうして、その言葉通り、益田さんはできる限り見守っている。真似のできるものではない。俺などは安原さんに警戒されなくなるまでに、三か月近くかかった。

「益田さんはやさしいですね」

「やさしくないですよ。ぜんぜん」

「いや、ほんとうにやさしいと思います」

意固地に繰り返したら、ふ、と笑った。

詰め所へ戻りながら、益田さんの横顔を盗み見る。だいぶ歳はいっているけれど、整った顔立ちをしている。朝から晩まで、ときに夜勤まで、決して楽ではない仕事を黙々とこなし、それでも一切不満を口にしないこの人の端整な顔が俺は少し怖い。

「やさしくはないです」

益田さんも相当な意固地だ。

「この十数年、私は泣いたことがありません」

「え、そんなの俺もです」

俺が言ったら、笑ってこちらを見た。

「ほんとに十数年も？　大橋くん、いくつだっけ。赤ん坊の頃には泣いたでしょう」

「それは、まあ。でも、泣くことないです。笑ってあげられるほうがやさしいと思います。俺が入所者だったら、一緒に泣くより、一緒に笑いたいです」

ひと息に言うと、うん、とうなずいた。

「あのう」

「なんでしょう」

「益田さんが最後に泣いたのって、なんだったんですか。どうして泣いたんですか」

言ってから、気恥ずかしくなる。立ち入りすぎだ。でも、益田さんはちょっとうつむいて、答えてくれた。やさしい笑みが浮かんでいた。

「娘が生まれたときです。大の男が泣くもんじゃないと涙を封印したつもりでいたのですが、気がついたら涙があふれていました。涙が出るほどうれしい、しあわせだ、と感じたのは、後にも先にもあのときだけです」

「娘さんがいるんですか」

結婚しているかどうかも知らなかった。なんというか、無臭だった。家族の匂いだとか気配だとか、そういうものから遠い人だと思っていた。ある意味で、崇高な、献身的な、奉仕者のように見えた。

でも、この人に似ていたら、きっときれいな娘なんだろう。

「会ってみたいです」

俺が言うと、益田さんがうなずいた。

「私も会ってみたいです」

一瞬、意味がわからなくて、それから、ああ、別れたんだな、と思った。ここじゃ、そういう話が多すぎる。

「長く会ってないんですか」

ええ、と益田さんは詰め所の入口で立ち止まった。中に職員がいる。この話を続けたくないのだろう。でも、その割になかなかドアに手を伸ばさなかった。

「生まれたとき、うれしくてね」

うつむいているが、口元は微笑んでいる。

「名前は愛《あい》にしようか、幸《さち》にしようか、なんてずいぶん迷いました」

「よっぽど愛おしくて幸せだったんですね。益田愛ちゃん。益田幸ちゃん。どちらにしたんですか」

俺は自分の、何の変哲もない名前を頭に浮かべ、それでも親は何らかの愛情を込めて名づけたはずだと自分に言い聞かせてみる。

「どちらでもありません」

「えっ。じゃあ、なんて名前にしたんですか」

「内緒です」

にやりと笑って益田さんは詰め所のドアを開けた。話はそれで終わりになった。

大事なもののある人がうらやましい。俺には何もなかった。何が大事なのか教えてくれる人もいなかった。どれだけバカなことができるか。それが指標だった。思えば、小学校に入った頃から、そうだった。勉強して何になる。がんばってどうする。その色は年を追うごとに濃くなって、中学に上がった頃には、バカをやる以外に歩く道がなかった。羽目を外して、悪目立ちして、それでやっと仲間から一人前として見てもらえる。

他に取り柄がなかったから、やんちゃで認めてもらっていた。やんちゃをやめたら俺の存在意義がなくなって、友達もいなくなる。それが格別悪かったとも言えないが、よかったとはやっぱり言えない。俺のまわりは誰も勉強ができなかったし、むしろ勉強をするのは恥ずかしいことのような風潮さえあった。

俺たちはほんとうに駄目だった。学校をサボり、喧嘩をし、万引を繰り返した。運動なら得意だったはずのやつも、まともに身体を動かさないからだんだん走れなくなった。やっぱり運動部で毎日トレーニングしてるやつらには敵わない。もしかしたら、勉強もそうだったのかもしれない。ちょっと授業をサボったら、急にむずかしくなって、わからなくなって、やる気がなくなった。まわりがみんなそうだったから、俺もそれでいいやと思った。決意なんてものじゃない。決意もなくだらだらずるずると駄目になっていくものなんだって俺は中学二年で知った。このままじゃまずいかもしれないと思ったが、どうすればいいのかわからなかった。今さら運動部に入り直すなんてとんでもないし、まじめに授業に出ていたら友達もいなくなる。

どこから手をつければいいのかわからないままに、こんなはずじゃなかったほうへ転がっていった。友達の何人かはシンナーでやられた。唯一まともだと思ってたやつまで、シンナーであっというまに頭がいかれてしまった。さすがに悲しかった。喧嘩だとか、事故だとかで、ひどい怪我をしたやつもいた。怪我は嫌だ。痛いのはごめんだ。

考えてみると、不運なやつが多かった。あるとき、気がついた。不運な目に遭ってるやつって、こっち側の、やんちゃしてるやつに多いってこと。無茶して、羽目外し続けて、痛い目に遭ったり、身体がぼろぼろになったり。やんちゃなんてしなくていいやつはしないほうがいい。そうはっきり気づいたのは、高校入学後だ。地元に一校だけある吹きだまりの高校へ俺たちはみんなまとめて進学した。

高校に入っても、周囲は同じようなやつらばかりだった。やんちゃを一度もしないようなやつは話にならない。だけど、やんちゃばっかりやってるやつも、相手にしてもらえない。もう、みんなうすうす気づいていたと思う。

俺たちに将来はなかった。高校を出ても、ろくな就職先もない。それでもとにかく就職できなければ、最悪の未来が大口を開けて待っている。もはややんちゃとも呼べない、黒々とした世界に足を突っ込むことになる。それは嫌だった。絶対的な不運がそこに見えていた。ここで踏ん張って、どこでもいいから就職しないと、一生不運なままだ。ある日、卒業したばかりの先輩たちが地元のショッピングセンターで中学生をカツアゲしているのを見て、それがわかった。長いまどろみから覚めたみたいな感じだった。校舎の壁にずっと前から貼ってあったお知らせをよく読んだら、今やり直さないと一生不運、と書かれていた。それくらいの衝撃があった。ずっとそこに貼ってあったのに、自分だけが読んでいなかった。あるいは、俺が読もうとしなかっただけか。

とにかくまともなところに就職しよう、と腹を決めた。俺は勉強を始めた。

就職をするために勉強するのは、おかしいとは思う。仕事と勉強は直接つながらないだろう。仕事とは関係のない、英語、国語、数学、理科、社会。うまくいくはずもない。基礎がないから苦労した。それでも、やるしかなかった。

一番痛かったのは、周囲の反発だ。予想以上だった。たぶん、彼らにも焦りがあったのだろう。なんとか未来を得ようと急に勉強を始めた俺に、彼らは手のひらを返したように冷たくなった。友達と勉強ができて、友達と就職もできたらいい、などと甘いことを考えていた俺は、三度目に自転車のタイヤをパンクさせられたときにその考えを捨てた。理由もなく殴られ、机の中の私物を全部燃やされた。

担任もあてにならなかった。それまでの俺の素行も成績も悪すぎたからだろう。端《はな》から信用してもらえなかった。勉強の相談に行っても、就職について話を聞こうとしても、まともに取り合ってはくれなかった。

家でも、勉強する俺に父と母が渋い顔をした。俺がまっとうになれば素直によろこぶかと思ったのに。人間、勉強じゃないよ。そんなことはわかっている。けど、それをはっきり示してくれるモデルが欲しかった。勉強じゃないなら何だ。運動ができたって、女子に人気があったって、それだけで生きていけるわけじゃない。きちんとした職に就かなければならない。そのためには勉強が必要なのだ。

兄は嘲《あざけ》った。就職に大事なのは勉強よりコミュニケーション能力だ、と言う。うまく反論できなかった。俺だって、就職にどうして学業が必要なのかわからない。そうなっているからそうなんだ、と押し切れるほど納得しているわけでもない。でも、コミュニケーション能力だけ高くても、成績がよくなければ就職できない。第一、コミュニケーション能力だって高いわけではない。それを伝えたかったが、説得するどころか、逆に説教されて終わった。そんなだから家族揃ってカスみたいなところでこき使われていつも貧乏なんだ、と思ったが、それは飲み込んだ。

どうすればいいんだろう。それこそコミュニケーション能力が高ければ、他の先生に相談したり、他に友達をつくったりできたかもしれない。でも、俺には無理だ。八方塞がりだった。

町がやっている介護施設で職員を募集している、と教えてくれたのは、意外な同級生だ。俺よりよほど悪くて、よほど何も考えていないと思っていたやつだったから驚いた。

「ちゃんとしたところだよ」

そいつは言った。

「職員ががんばってる。仕事は大変だろうが、いつ行っても雰囲気がいい。町の施設だから待遇も悪くない。しばらく見習い期間がある。合うと思ったら働けばいいし、合わなかったらやめればいい」

「だって、俺、まだ高校生だ」

俺が言うと、そいつは——黒田トータは不思議そうに俺を見た。

「就職したいんじゃなかったのか」

こいつほんとにバカだ、と思った。就職するのは、卒業してからだ。それでも、悪ふざけで言っているのではなさそうだった。

黒田というのは、身体が大きくて、いかにも喧嘩が強そうで、誰ともつるまない。圧倒されそうな存在感があった。悪い噂を聞いたこともある。俺を含めて誰も近づかなかった。本人もそれを好んでいるように見えた。どうして俺を気にかけてくれているのか、わからない。

「就職指導部で、熱心に求人票見てたじゃないか」

「ああ」

就職状況を確かめに行っただけだ。高校を辞めて働こうとは思っていなかった。だけど言われてみれば、いい就職先があるなら卒業を待つ必要もない。友達にも先生にも見放された今のままなら、高校へ通う時間は苦痛でしかない。

「最初、俺が声をかけられたんだぜ、ここで働かないかって。人物本位なんだそうだ」

黒田はちょっとうれしそうに笑った。つられて俺も笑う。こんなやつに向かって「人物本位」だとは、なかなかおもしろそうな職場じゃないか。悪いやつかと勝手に思い込んでいた黒田は、大きな図体の割に笑顔が子供みたいだった。

「ただし、海のそばのド田舎にある。辺鄙《へんぴ》なところだから、なかなか人が集まらない」

「それは問題ない。ただ――」

言おうかどうか、迷った。黒田に相談するようなことではない。今、高校を辞めて就職することは、逃げではないか。高校ぐらいは卒業しておくべきではないか。

「迷っているのか」

俺はうなずいた。

「ほんとうに働きたいのか、逃げてるんじゃないか、自分でも判断がつかない」

「どうして逃げてることになるんだ?」

無遠慮にこちらを覗き込んでくる黒田から視線を逸らす。

「黒田は知らないだろうけど、俺は高校でけっこうつらい立場にいる。高校を辞めたら逃げたことになる、というか、ほんとうは俺は逃げたいだけなんじゃないか」

一気に話すと、黒田は眉根を寄せた。

「すごくつらいのか?」

俺は少し考えて、首を横に振った。

「それほどでもない」

自然に顔じゅうに笑みが広がるのがわかった。今、よく考えてみたら、それほどつらくない。どうしてつらいと思い込んでいたのだろう。ほんとうにつらいのは、そんなことじゃない。駄目になっていく自分をみすみす見逃すほうがずっとつらい。

「けど、あまり高校へ行く意味が見出せない」

「ふうん」

黒田は首の後ろ辺りを掻いた。

「じゃあ、かまわないじゃないか。逃げてるように見えても、地球は丸いんだ。反対側から見たら追いかけてるのかもしれねーし」

そう言うと、片手を小さく挙げた。そうして、まだ午後の授業が残っているというのに、鞄を持って教室を出ていってしまった。

追いかけている。そうかもしれない、と思う。何を追いかけているのかわからない。だけど、逃げているのではない。自分の気持ちに確信を持つ。俺は急いで鞄を持って黒田が帰っていった後を追う。職員募集の話を詳しく聞きたい。

階段を下りるとき、下から上《のぼ》ってくる担任と鉢合わせになったが、避《よ》けて、そのまま振り返らなかった。

夜勤明けで、心身ともにへとへとだった。着替えて帰ろうと更衣室へ歩き出したときに、職員が話しているのが聞こえてしまった。三田村《みたむら》さんが暴れている。新しく入所したばかりの三田村さんが暴れているのだという。にわかには信じられなかった。巡回のときに何度か見ただけだが、おとなしそうな、品のあるおじいさんだった。仏像みたいだと思ったのだ。

驚きとため息を飲み込んで、お疲れさま、と声に出さずにつぶやく。三田村さんに対しての気持ちなのか、駆けつけたであろう早番の誰かに対してのものなのか、自分でもわからない。ただ、お疲れさまだと思う。生きていくってほんとうにお疲れさまだ。

益田さんの顔が浮かんだ。

「大橋くん、ずいぶん手際がよくなったね」

つい先ほどの申し送りのときのひとことがうれしかった。半年前、高校を辞めてここで働き始めたときの俺はまったく使いものにならなかった。思うように動けなくて、失敗ばかりで、何度も辞めたくなった。そのたびに、手取り足取り教えて助けてくれたのが益田さんだ。

「あ」

暴れているという三田村さんのところへ行ったのは益田さんではないか。益田さんはベテランだけれど、もう還暦に近いだろう。いくらお年寄りにでも、全力で暴れられたら押さえ切れないと思う。

更衣室まで来たのを、廊下を取って返して三田村さんの居室へ向かう。開いたままの戸から中を覗くと、果たして、大声を上げる三田村さんの傍らに益田さんがいた。

「手伝います」

後ろから大股で近づく。

「あ、いいから」

益田さんは言ったけれど、何もひとりで苦労することはない。そう思った瞬間に、鼻の奥がむずむずした。くしゃみが出そうな異物感。俺が俺に対して異物感を抱えている。ひとりで苦労することはない。誰かに対して、それもこんなに年上の職場の人に対して、そう思っている自分が不可解だった。

「手伝います」

異物感を振り払いたくてもう一度声をかけ、暴れようとする三田村さんの左腕を取った。力を入れすぎてはいけない。でも、相当な力が要る。ひとりで押さえて落ち着かせようなんて、無茶だ。

「いいから。ふたりがかりだとおびえて余計暴れたくなるでしょう」

益田さんは三田村さんを見つめたまま穏やかに、でもきっぱりと言った。

そのとき、俺が押さえていたパジャマの袖から三田村さんの腕が抜けて、前の合わせから肩が出た。

思わず息を飲んだ。気品さえ感じていた三田村さんの肩には、藍と朱の色つきの花札みたいな刺青がみっしり彫ってあった。いたずらで入れたようなものではない。反射的に目を逸らす。見てはいけないものを見た。この肩をパジャマに戻さなくてはと焦ったけれど、狼狽してうまくいかない。三田村さんの身体が、いや、三田村さん自身が、別の生きものに見えた。

そんな俺に気づいたのか、気づかなかったのか、益田さんは淡々とパジャマを直し、その間も何かわけのわからないことを恐ろしい声でわめいたり呻いたりしている三田村さんに、

「だいじょうぶですよ、だいじょうぶ」

静かな声をかけ、背中をさすり続けた。

まもなく三田村さんは落ち着いて、横になったかと思うとそのまま赤ん坊のように寝入ってしまった。すると、また仏像のような元のおじいさんがベッドの上にいるのだった。


「大橋くん、ありがとう」

詰め所に戻りながら、益田さんが労《ねぎら》ってくれた。

「助かりました」

ほんとうは、いてもいなくても同じだった。俺は何もできなかった。三田村さんの変貌に、刺青に、動揺し、おびえていただけだ。

いっぱしの不良を気取ったこともあったのに、ちゃんちゃらおかしい。粋がっていただけで、ハナタレ小僧だった。何事もなかったような益田さんの温かい声が胸にしみる。早く仕事ができるようになりたい、この人の役に立てるようになりたい、という思いが、血管に乗って身体じゅうを駆けめぐった。

「俺、おかしくないですか」

思い切って聞いた。こんなことを聞くなんて、甘えているのかもしれない。おかしい、と面と向かってはなかなか言えないだろう。だけど、誰にも聞けなかった。俺には常識がない。経験もない。身につけるべきものをわざわざ自分で遠ざけてきてしまった。

「おかしくないです」

益田さんならそう言ってくれると思った。でも、お世辞やおためごかしではなく、おかしなところがあったら教えてほしいのだ。俺はそれを直したい。今からでも遅くないなら、できるだけまっとうな人間に近づきたい。

「マナーだとかルールだとか、当然知っているはずのことを、俺は知らないんじゃないかと不安です。気になるところがあったら、教えてください」

益田さんはわずかに目を細めた。

「そういう気持ちがあれば、それでじゅうぶんだと思います。大橋くんは働き者です。ちゃんと周囲には伝わっています」

そんなことはない。何もできないから、人一倍働くしかない。それでも、役に立てることはほとんどない。刺青ひとつで動けなくなってしまう。

「俺、ばかだから、すごく失礼なことを言ったりやったりしてるんじゃないかと気になります」

ものすごく正直な気持ちだ。あろうことか鼻の奥がツンとなって、びっくりした。こんなのは生まれて初めてだ。痛い涙か、悔しい涙しか知らなかった。まさか、正直だとか、素直だとか、そういうすんすんした潔い気持ちになるときに、胸が震えて涙が出そうになるものだとは、俺は知らなかった。

益田さんはまじめな顔になって、こちらに向き直った。

「大橋くん、それは違います」

「やっぱり、俺、間違ってますか」

「自分の発言を気にしてしまうのは、自分が信用できないから。そう思ってるでしょう」

「はい」

「ほんとうはね、自分ではなく、相手を信用していないんですよ。信用しているなら、多少の間違いや失礼は聞き流してくれると思えるはずです。いいですか、大橋くんのまじめな気持ちはよくわかります。あとは、まわりを信用するといい。みんな、大橋くんの味方——とまでは言わないまでも、仲間ですよ」

俺は口をうっすらと開けたまま、言葉も出せずにいた。ばかなこと、教養がないこと、過去にさんざん悪事を働いてきたこと、友達に裏切られたこと、高校を中退したこと、貧乏なこと。屑みたいなカードばかりだと思ってきた。屑なのは俺だ。コンプレックスで自分を卑下するだけでなく、まわりのことも信用できずにいたのだ。

「でも、それくらいでいいのかもしれません」

益田さんが穏やかに付け足した。

「自分に自信のありすぎる人は、こういう職場ではちょっと困ります」

「そうでしょうか」

なぐさめようとしてくれているのだ。俺があまりにもなさけないから。

「自分はできる、自分はいいことをしている、と思っていると、どうしても相手のことを低く見てしまうように思います」

益田さんは淡々と続けた。

「相手が下手に出ないと、なんで、と思うんです。なんで、俺が親切にしてやってるのに、って」

「あの、それって、俺のことですか」

そんなつもりはなかった。いつも、俺なんかのへたくそな介護で申し訳ないと思っているくらいだ。

「いいえ、大橋くんのことではないです。ずっと前の私のことです」

高慢な益田さんなど想像がつかない。激しく謙遜しているのかもしれないと思う。

「まっとうな人間のように見えるかもしれませんが、違います。若い頃の私は、悪くて、ずるくてね。いちばんいけなかったのは、人を信用しなかったことだと今になって思います」

信用できないのは、益田さんのせいだけじゃないと思う。まわりがみんないい人ばかりだったら、そして何も疑わずにのほほんと暮らせていたなら、人を信用するのは簡単だっただろう。

自分のしてきた数々の悪いことやずるいことを思い出す。悪いとか、ずるいとか、自分ではカウントしていないものも含めたら膨大な数になるだろう。今ずるいことをしている、と自分で意識しているものは自分を傷つけるが、意識もされないようなずるさは人へ向かい、人を傷つける。あとになって気づいても、取り返しはつかない。

「大橋くんはだいじょうぶです。君は、正直だから」

「え、いえ、俺、嘘つきます」

益田さんは俺の言葉には答えず、

「正直に生きることです。自分に正直でいれば、すべては自分で選んだことだと納得することができます。どんなことが起きても、責任を取ろうと思えるでしょう。自分にとことん正直であるなら、後悔しない。それが自分なのだから後悔のしようもありません。失敗しても、人を傷つけても、それはもうしかたのないことでしょう」

途中から、俺に話しているのではない気がした。誰にと言うなら、きっと益田さんは自分自身に向けて話している。そう感じた。しかたのないこと。そう思えるまでにどれくらいかかるのだろう。俺の人生に起きたことの中で、どれがしかたのないことで、どれがそうではなかったのか。受け入れるのとあきらめるのは紙一重の差しかないのかもしれない。

夜勤はだいたい一週間に一度まわってくる。夕方から翌朝までを職員三人ほどで見ることになるので余裕はないが、落ち着いてさえいれば仮眠を取ることもできる。取り立てて激務というわけではないだろう。でも、不慣れな自分が入った晩にたまたま何かが起きたらどうしようかと考え始めると緊張してしまう。貴重な仮眠を取ることもできなくなる。

同じシフトに益田さんがいれば安心だった。益田さんは頼りになった。常に冷静で、穏やかで、機転も利く。質問すれば嫌な顔もせず何でも教えてくれた。父より少し年上だろうか。どんな生き方をすれば、こんなふうになれるのだろう。何の取り柄もない俺を拒まない。それが心底ありがたかった。

「長いんですか」

聞くと、

「何がですか」

日報から目を上げて、眼鏡をずらした。老眼鏡だろうか、かけているとやたらと目が大きく見えた。

「介護福祉士になってもう長いんですか」

質問を補足すると、益田さんは笑った。

「私は介護福祉士ではないです。資格は持っていません」

驚いた。介護のことなら何でもよく知っていて、現場の仕事もできて、入所者からも同僚たちからも人望の厚い益田さんが資格を持っていなかったなんて。

「そんなにむずかしいんですか」

いつかは資格を取ろうと思っていた。高校中退で資格のひとつもないのはまずいと思ったからだ。

「いや、がんばれば、大橋くんなら取れますよ」

「ほんとですか」

益田さんはうなずいた。

「取ったほうがいいです。少しですが手当も出ますしね」

じゃあどうして益田さんは取らないのだろう。そう思ったら、

「私は要件を満たさないんです」

口に出さなかった俺の質問を、益田さんは的確にとらえて答えてくれた。どんな要件だろう、と思ったけれど、聞かないままにした。益田さんは眼鏡をかけ直し、日報に戻った。

午前一時の巡回のときだった。深夜だというのに安原さんはベッドで目を開けていた。むかしな、と安原さんが言った瞬間、唐突にじいちゃんのことを思い出していた。俺

がまだ小学生にもならないうちに死んだじいちゃん。じいちゃんは昔話をよく聞かせてくれた。むかしむかし、と始まるとげんなりした。俺は昔話が嫌いだった。昔話という名のつくり話だろう。時代設定を昔にすれば何でも許されるのだろうか。ほんとうの話をしてくれ、と子供心にも思った。

「ひどいことをしてなあ」

「そうでしたか」

安原さんは深くうなずいた。そして、ベッドに横たわったまま目を宙にさまよわせた。

「おんなをころした」

意味がわかるまでに二秒かかった。昔話というのは基本的につくり話なのだ。安原さんの話も、だから、つくり話の類だと思う。

「そうでしたか」

だいたい安原さんはすでに呆けている。適当に相槌を打とう、と思った。

「おい、聞いてるのか、兄ちゃん」

声が急に凄みを帯びた。はっとして安原さんの顔を見ると、いつもの焦点の合わない目とは違った。黒目に光が宿っている。

「なあ、俺、おんなをころしたんだ」

落ち着け、と俺は自分に言い聞かせる。妄想に決まっている。

「誰にも気づかれないように、うまいことやった。今、あんたにぜんぶ話す。ぜぇんぶ話すわ」

笑って流そうとしたのに、顔が引き攣った。

「安原さん、少し落ち着きましょう」

落ち着いたほうがいいのは俺だ。こんな話を真に受けてびくびくしてどうする。そう思ったのに、耐えられなかった。俺はベッドヘッドについているブザーを押した。

すぐに来てくれたのは益田さんだった。部屋に入ってくると、落ち着いた様子で安原さんのそばへ寄った。

「なあ、俺さ、おんなをころしたんだぜ」

安原さんが挑戦的に益田さんを見上げる。

「ころしたんだ」

益田さんが何も言わずベッドの脇にすわる。

「ころしたんだ」

安原さんが繰り返す。

「ころしたんだ」

威嚇するような顔つきで、何度も同じことを言った後、

「ころしちゃったんだょ」

不意に泣き声になった。益田さんがゆっくりとうなずいた。う、う、と掠《かす》れた嗚咽が漏れる。う、う。深夜のベッドで安原さんは泣いた。何の涙なのか俺にはわかりようもない。ただこの枯れ枝のような人の計り知れない人生を思い、黙って立っていた。う、ひ、う、と続いていた嗚咽がやがて治まってきたかと思ったら、安原さんは子供みたいな顔で眠っていた。目の窪みに溜まっていた涙が、つっと枕に零れ落ちた。足音を立てぬよう静かに廊下に出て、詰め所へ戻る。頭の芯がじんじん痺れていた。

「お疲れさまでした」

詰め所の白い灯りの下で、益田さんが穏やかに労ってくれるのを遮った。

「さっちゃんだ」

勢いだけがあった。開いた口から思いつきが転がり出た。

「さっちゃんのことじゃないでしょうか」

安原さんに間違えられたことがある。さっちゃんて誰だ。男の俺を、なぜ女と間違える。そう思ったが、安原さんの執着の強さが幻覚を見せていたのではないか。おんなをころした。その告白にさっちゃんがするりと重なった。

「さっちゃんのことを、安原さんは——」

「彼の言うことをそのまま信じるのはやめたほうがいいですね」

益田さんが静かな声で言う。

「聞かなかったことにしましょう。ただのうわごとだと思います」

それから、声をひそめて、

「もしも、私がここの入所者だったとして、せん妄状態のまま昔の犯罪を告白したら、大橋くんはどうしますか」

「意味がわかりません。益田さんは入所者でもないし、犯罪者でもありません」

益田さんは薄く笑った。

「誰にでも秘密はあります」

そうだ、もちろん俺にも話せないことはある。分別なく犯した数々の悪事。思い出すと、身が縮みそうだ。他人に、特に目の前のこの人に、知られたくはない。

隠したいという気持ちは、怖れと焦りに満ちている。同時に、かすかに甘ったるいようなものも滲んでいる。それを俺は今初めて知った。秘密を知られたくないと願うということは、身を守りたい場所にいるということだ。好意を持つ相手がいたり、なくせない仕事があったり。大事なものがあるから、秘密を隠そうとする。

安原さんにはそれがない、ということだろう。それとも、誰かに話して楽になりたい一心だったろうか。いずれにせよ、聞かされた俺は何百分の一かを背負ったような気持ちだ。重たくて、かなぐり捨てたくて、耳を塞いだけれど、もしかしたら分けてくれてよかったのかもしれない。人生の大半を終えてやってきた人たちが、ここで告白し、涙を流して、わずかでも心の平安を得られるのなら。

白々とした部屋の隅、電気ポットのお湯でコーヒーをつくる。

「益田さんにも、秘密がありますか」

マグカップを差し出しながら尋ねると、益田さんは穏やかに笑っただけで、答えない。

俺より何十年長く生きているか知らないけれど、働いた悪事は俺よりずっと少ないに違いない。そんな人にとって、秘密という言葉は、風に舞うレジ袋程度の軽さしかないのではないか。俺にはそれが微笑ましくて、同じくらい疎ましい。

「さっちゃんって誰なんでしょう」

質問を変えたら、益田さんは少し考えてからゆっくりと首を横に振った。

「妹さんかもしれません。幼なじみかもしれないし、早くに亡くした奥さんかもしれない。あるいは、さっちゃんなんて人、いないのかもしれません」

「だとしたら、なんだか悲しいです」

俺の言葉に、益田さんがかすかに微笑む。

「悲しいと思えるのは、大橋くんが若い証拠です」

実際に十六歳なのだ。若いというのはほめ言葉じゃない。

「益田さんは悲しくないですか。すごく大事だった人を、俺なんかと間違うんですよ。安原さんの中には大事な人の思い出も残ってないってことなんですよ」

益田さんはもう一度首を振る。

「たしかに、悲しいことかもしれません。でも、思い出はちゃんと残っています。ただ出口を見失っているだけで。少しうらやましいです。今はもう会えない人なら、忘れてしまったほうがいいんですよ。わからなくなってしまえば、悲しいとも感じずに済みます」

「そういうのを悲しいって言うんじゃないですか」

「少なくとも私は、もう思い出さずに済むなら、ほっとすると思います」

コーヒーはインスタントのくせに苦かった。

「益田さん、なんでそんな悟ったようなことを言うんですか」

悟ったというより、あきらめた、ということか。この人は、過去をどこかに置いてきてしまったのだ。一日、一日、何も残さずに通り過ぎて過去になり、益田さんから切り離されていく。だから、淡々としている。生活の気配もない。過去がないから、現在も、未来も、淡い影のようにしか存在しない。

「昔ね」

益田さんが穏やかな声で話し始める。

「昔、私は映画が好きでした」

昔の話。つくり話かもしれない、と頭の中で警告が鳴る。多くの昔話がそうであるように。俺は、今の話が聞きたい。ほんとうの話が聞きたい。

「でも、今はまったく観ません」

「もう好きじゃなくなったってことですか」

「いいえ」

益田さんは少し首を傾けてコーヒーを飲んだ。

「好きなまま取っておきたいんです。映画に限らず、好きだったものはすべて」

そう言って、薄く笑う。

「繰り返し取り出したり、触れようとしたりすると、フィルムのように擦り切れてしまうかもしれないでしょう」

「そんなことってありますか」

思わず語気が強くなった。

「好きなものって消耗品じゃないですよね。大事にしていても駄目になるものなんですか」

益田さんには、好きなものを大事にしてほしかった。俺の憧れる、まっとうな大人であってほしかったのだと今さらながら気づく。

「大事にできなかったんですよ」

益田さんは静かな目で俺を見た。

「ずっと、弱虫でね。強くなりたいと思って、殻を被って心を閉じて生きてきて、あるときやっと出会えた大事な人だったのに」

そう言ったきり、口を噤んでしまった。映画の話じゃない。好きなものではなく、好きな人のことを話しているのだ。

ころした、という声が耳によみがえる。鬼気迫るようだった安原さんの声。ころしたんだ。ころしたんだ。あれは、ほんとうなのか。それとも、歪んだ記憶なのか。大事なはずの人を、どうして大事にできないんだろう。

「でもね、不幸ではないです。好きな人と好きな映画を観た。短い間だったけど、一緒に暮らした。たった、それだけです。その記憶だけで、生きていけるんです。もう決して触れてはいけない、幸福な記憶です」

触れてもいいじゃないか。また心を開くときがあってもいいんじゃないか。そう思ったけれど、黙っているしかなかった。益田さんはさっき、もう思い出さずに済むならほっとする、と言ったのだ。昔の話として片付けられないのだろう。どうしても思い出してしまうのだろう。きっと、何度も、何度も、忘れたはずの幸福だった過去を。

昔、何があったのかは知らない。でも、俺は今の益田さんを尊びたい。できることならそばにいて、いつかまた益田さんの心がそっと開くところを見たいと思う。

黒田に会ったのは、見習い期間の六か月がちょうど終わる頃だった。施設の入口のところでばったり会ったのだ。おう、と先に手を上げたのは黒田のほうだ。人懐っこい笑顔だった。

「久しぶり」

「こんちは」

黒田の陰から望月さんが顔を出す。ふたりとも俺が辞めた高校の制服を着ていた。

望月さんとは中学、高校と一緒だったが、ほとんど話したことはない。きれいだなと思ってはいた。黒田とつきあっていたのか。

「どうしたの、揃って」

ああ、こんなふうに普通に話せるんだな、と安堵する。俺にはない現在を生きているふたりに、嫉妬や羨望を抱くかと思った。

「ときどき来てるんだぜ。大橋の姿見かけないから、もう辞めたのかと思った」

黒田が笑う。そういえば、ここを紹介してくれたときに、よく行くというようなことを言っていたのだった。

「どうしてここへ」

「ん、親父が世話になってるから」

「黒田の？」

「おまえ、変なこと聞くなあ」

黒田はしげしげと俺の顔を見る。

「他人の親父のところに通うかよ。俺の、親父」

なぜか得意げに胸を張っている。

「そうか」

黒田という苗字の入所者を頭の中で検索する。出てこない。抜け落ちているのだろうか、と思ってから、親子だからといって苗字が同じわけではないと思い当たる。いい状態でここに入所している人などほとんどいない。誰が黒田の父親なのか、知らないほうがいいかもしれないと思った。

「ひとつ聞きたかったんだけど」

黒田に向かって質問を投げる。

「どうして俺に親切にしてくれたんだ」

「親切？」

黒田は驚いたような顔になった。

「俺が？　親切？　おまえに？　なんで？」

ぷっと吹き出してしまった。親切だと意識もしていなかったらしい。

「大橋くん、いい顔になったね」

望月さんが、ふふっと笑った。望月さんこそだ。こんなふうに笑う人だったんだ。中学のときに転校してきて以来、笑顔の印象はない。

コツン、と頭蓋骨の内側に小石が当たる音がした。誰だっけ。こんなふうに笑う人。端整な顔。どこで見たんだっけ。ぼんやりと像が渦巻くだけで、焦点が合わない。コツン。誰かに、似ている。

「どうかしたか?」

黒田が怪訝そうに俺を見る。

「いや、なんでもない」

「何時まで?」

「ここ、面会は午後八時まで」

「じゃなくて。おまえの仕事。終わったら飯でも食いに行こうぜ」

「えー、いいなー、あたしも交ぜてー」

望月さんがツンと甘えた声を出す。

「ルイははじめから一緒に行くことになってるから」

黒田が言って、思い出す。望月さんの名前。ルイ。涙、と書く。強烈な名前だったから覚えている。悲しい名前かと思っていたけれど、そうではないのかもしれない。うれしい涙が想定されていたのかもしれない。明るい顔を見て、そう思った。

「どうかしたか?」

廊下を歩きかけていた黒田が俺を振り返る。

「今日は日勤だから、六時まで」

俺が答えると、黒田は長い親指を立ててみせた。

解説

大矢博子（書評家）

二〇一四年に本書の単行本が出たとき、私は書評にこう書いた。

「辛い描写もある。いたたまれない場面もある。けれど最後は、とても満ち足りた気持ちで本を閉じた。この気持ちを、あなたにも味わって欲しい」（「小説推理」二〇一五年一月号）

これを書いた時は、読後にこみ上げた感情のままにキーボードを叩いたことを覚えている。けれど今回再読してみて、これこそが本書のキモだとあらためて感じた。辛いのに、いたたまれないのに、その向こうに幸せが見えるのだ。直接は描かれていない幸せな場面が、なぜか読者の目の前に広がるのだ。これが本書の最大の魅力と言っていい。

ではなぜ、そのようなことが可能なのか。内容を紹介しながら、その秘密に迫ってみたい。

本書の核になるのは、とある会社の海外営業部長、望月正幸。彼が大掛かりな贈賄に関わっていたことが発覚し、逃亡したという話から第一話が始まる。本書はそこから一話ごとに、望月の愛人・妻・姉など周辺人物の物語が紡がれる連作集である。

そう書くと、「よくある手だな」と思われるかもしれない。周囲の人を描くことで、望月に何が起きたかを探る手法だろうと。ところが、そうではないことがすぐにわかる。

第一話は、望月の愛人の視点で、彼が逃亡に至る経緯が描かれる。ひょんなことで望月のパソコンを覗いてしまった彼女は、そこに贈賄の証拠があることに気づいた。それを知った彼女は意外な行動に出る。まずそれを告発する文書を作りFAXしたあと、望月に当座の身の回りのものと現金を渡して、逃亡を促したのである。「逃げて」「逃げ切って」と。

捕まって欲しくないのなら告発などしなければいいのに、やっていることがおかしい。だが、彼女の過去の出来事と、それ以来ずっと抱え込んできた行き場のない思いを知れば、その行動の意味がわかる。

第二話は、望月の妻の視点。突然、夫が犯罪者となり、消えた。半ば心が壊れかけた妻が、夫の出会いやこれまでの結婚生活、娘が生まれたときのことなどを回想する。そして第三話は、望月の姉だ。突然の警察の来訪に弟のしでかしたことを知り、混乱の中で弟の気持ちを慮る。思い出すのは、子どもの頃の弟。

ここに描かれているのは、愛人の後悔、妻の迷い、姉の罪悪感だ。彼女たちがずっと心の底に持ち続けてきた、持て余していた思い。悔しさや辛さをぐっとこらえて蓋をして見ないようにして、けれど消すことはできずずっと囚われていた傷。望月の事件と突然の失踪は、彼女たちが抑え込んでいたそんな感情を目の前に引きずり出した。目を逸らしていた思いに向き合ったとき、彼女たちはどうするか。それがここまでの主眼だ。愛人は望月を逃すことで、過去「行動せずに後悔した経験」を塗り替えた。妻は自分の中に深く潜って、これからどうすべきかを考えに考えた。姉は、きちんと答えてやれなかった幼い頃の弟の問いかけに、答えを見つけた。

周囲を描くことで望月に何が起きたかを探る物語ではない、と書いたのはそういうわけだ。望月の失踪はきっかけに過ぎない。これは彼女たちが囚われていた思いから、一歩踏み出す様を描いた物語なのである。

物語が大きく動き出すのは第四話からだ。

第四話の視点人物は小学校の教師。第五話は女子高生。第六話は介護施設で働く青年。

それぞれがどう望月と関係しているのかは敢えて書かないでおくが、第四話と第五話に登場するのが誰かというのがわかったときには、かなり驚いた。ちょっと予想しなかった流れだったからだ。だが、この二つの話こそが鍵なのである。

小学校の教師は、辛い過去から逃げてきた経験を持つ。そんな彼が、担任クラスの転校生が置かれている状況に心を痛める。また第五話は、閉塞感に喘ぎながらも逃げ出せないでいる女子高生だ。ここまで読んで、私は、物語を貫く声が聞こえた気がした。

第一話の愛人は「逃げて」「逃げ切って」と言った。第三話で姉は「逃げた先でいつかもっといいものに出会えるかもしれない」と考える。第四話で教師は生徒に「逃げちゃだめなんだよ」と諭す。第五話の女子高生に同級生の男子が「逃げるなよ」と告げる。だがその男子は第六話で別の友人に「かまわないじゃないか。逃げてるように見えても、地球は丸いんだ。反対側から見たら追いかけてるのかもしれねーし」と言うのだ。

逃げる、が本書のキーワードなのである。

ここに描かれているのは、さまざまな形の〈逃げ〉だ。八方塞がりの辛い現実から逃げる決意をする者。逃げたことを悔いて向き合う者。逃げることは罪だという思い込みが覆される者。逃げられるのに、敢えて逃げないことを選んだ者。

逃げる、という言葉はともすれば後ろ向きに聞こえる。けれどそれを〈停滞から抜け出す〉と捉えてみたらどうだろう。私は先ほど、一話から三話までを「囚われていた思いから、一歩踏み出す」と書いたが、それも同じだ。逃げることも、逃げずに戦うことも、実はどちらも〈変わる〉という決意なのだ。逃げてるように見えても「反対側から見たら追いかけてるのかもしれねー」のだから。辛さから逃げてるのではなく、幸せを追いかけているのだ。

「辛いのに、いたたまれないのに、その向こうに幸せが見える」と書いた理由のひとつが、ここにある。本書は、辛いからこそ、いたたまれないからこそ、そこから変わろうとしている姿を描いているのである。

第六話の青年は、ワルばかりの高校で自分の将来に何の希望も持てなかった。けれどこれではいけないと、勉強を始めた。そうしたら仲間から嫌がらせをされた。教師は彼の決意を信じなかった。彼はそんな高校から逃げ、介護施設で働き始め、そこで尊敬できる人物に出会うのである。

やめてみる。あきらめてみる。あるいは、始めてみる。声をかけてみる。話を聞いてみる。信じてみる。放り出してみる。

たったそれだけで、何かが動く。何かが変わる。

たった一歩を踏み出すだけで、そこには今日とは違う明日がある。

望月の失踪で〈残された人〉を描いた第一話から第三話、愛人も妻も姉も混乱しながらも、最後はどこか清々しく、あるいは強く、前を向いていることに気づかれたい。または第四話以降、ひとりの少女がどう変化していったかをじっくりご覧いただきたい。

辛いエピソードの中に、ふと、幸せの萌芽が覗く瞬間があるから。


それらすべてが結実するのが、第六話だ。

第六話の序盤、ある人物の言葉を読んで「あっ」と思った。ラストシーンで、ある人物が「ツンと甘えた声を出す」とあるのを見て、そんなふうになれたんだ、ととても嬉しくなった。思わせぶりな書き方で申し訳ないが、それほどのサプライズが第六話には詰まっている。

巧いなあ、と思うのは、著者は肝心な場面を敢えて書かないでいることだ。「ツンと甘えた声を出」した楽しそうな人物の過去を、読者は知っている。そんな無邪気で幸せなイメージは持てない人物だった。その人物が〈変わった〉ということは、きっと変えるだけのステキな出来事があったのだと、容易に想像がつく。容易に想像できるような、含みをもたせた描写や伏線を、著者は五話までに細やかに仕込んでいる。いろんな辛い状況や、人の弱さや狡さや、後悔や、そういったものをたくさん描きながら、そこから一歩を踏み出す強さと覚悟の輝きを、著者はちゃんと物語の中に入れている。

だから、たった一行の描写で、その背景の幸せが見えるのだ。ここには描かれていない、ドラマティックであったろう幸せな場面がありありと浮かぶのだ。

その幸せをもたらしたのは、登場人物たちの〈変わる〉という、たったそれだけの決意なのである。たった、それだけの。

宮下奈都は二〇〇四年、『静かな雨』（文藝春秋）で第98回文學界新人賞佳作に入選し、小説家デビュー。『田舎の紳士服店のモデルの妻』（文春文庫）『誰かが足りない』（双葉文庫）など、話題作を次々に発表し、二〇一五年に発行された『羊と鋼の森』（文藝春秋）で翌年の本屋大賞を受賞した。今や、押しも押されもせぬ人気作家となった。

その人気を支えているのは、切羽詰まった状況の中で足掻いたり迷ったりしながらも前に進もうとする人たちの気持ちを、丁寧に丹念にすくいあげる、その誠実な物語作法である。

本書もまた、そんな宮下奈都の魅力がたっぷり詰まった、誠実で細やかで、切ないけれど優しくて、悲しいけれど力強い物語だ。特に〈涙〉の描き方に注目して読まれたい。冒頭に引いた文章を、もう一度書こう。

最後は、とても満ち足りた気持ちで本を閉じた。この気持ちを、あなたにも味わって欲しい。

◆この作品はフィクションです。実在の人物、団体等には一切関係ありません。
■本書は二〇一四年一一月に小社より刊行された単行本を文庫化したものです。

双葉文庫

み-26-02

たった、それだけ

2017年1月15日　第1刷発行

【著者】
宮下奈都
みやしたなつ

【発行者】
稲垣潔

【発行所】
株式会社双葉社
〒162-8540 東京都新宿区東五軒町3番28号
［電話］03-5261-4818（営業）　03-5261-4840（編集）
www.futabasha.co.jp
（双葉社の書籍・コミックが買えます）

【印刷所】
大日本印刷株式会社

【製本所】
大日本印刷株式会社

【CTP】
株式会社ビーワークス

【表紙・扉絵】南伸坊
【フォーマット・デザイン】日下潤一
【フォーマットデジタル印字】恒和プロセス

落丁・乱丁の場合は送料双葉社負担でお取り替えいたします。
「製作部」宛にお送りください。
ただし、古書店で購入したものについてはお取り替えできません。
［電話］03-5261-4822（製作部）

ISBN978-4-575-51961-7 C0193
Printed in Japan